全民微阅读系列

简 单 爱

芦芙荭　著

江西高校出版社

图书在版编目(CIP)数据

简单爱/芦芙荭著. —南昌:江西高校出版社,2019.1（2024.9重印）

（全民微阅读系列）

ISBN 978-7-5493-7876-0

Ⅰ.①简… Ⅱ.①芦… Ⅲ.①小小说—小说集—中国—当代 Ⅳ.①I247.82

中国版本图书馆 CIP 数据核字(2018)第 232863 号

出版发行	江西高校出版社
社　　址	江西省南昌市洪都北大道 96 号
总编室电话	（0791）88504319
销售电话	（0791）88522516
网　　址	www.juacp.com
印　　刷	北京一鑫印务有限责任公司
经　　销	全国新华书店
开　　本	700mm×1000mm　1/16
印　　张	13.5
字　　数	180 千字
版　　次	2019 年 1 月第 1 版 2024 年 9 月第 2 次印刷
书　　号	ISBN 978-7-5493-7876-0
定　　价	58.00 元

赣版权登字-07-2018-1215

版权所有　侵权必究

图书若有印装问题,请随时向本社印制部(0791-88513257)退换

目录 / CONTENTS

欢迎光临　　/001

简单爱　　/003

睡觉　　/006

不哭　　/009

爱情的过客　　/012

老秦的外遇　　/016

水秀　　/019

长发女孩　　/023

郝中这个人　　/026

媒人　　/030

邻居　　/033

远方　　/036

戏　　/039

鲜花　　/043

抱抱我　　/045

小满　　/049

他就要来了　　/053

招领启事　　/056

结局　　/057

黄昏　　/061

活宝　　/064

牙齿　　/067

水鬼　　/069

遥控器　　/072

收音机　　/075

怀表　　/079

狼吃娃　　/082

反刍　　/085

最后一课　　/088

羊　　/091

袅袅升起的炊烟　　/093

骑摩的的女人　　/096

最美的风景　　/099

聊天　　/102

一条叫毛毛的狗　　/104

鞋的故事　　/108

在肚子里吃草的牛　　/110

卖哟嗬的人　　/113

长脚的鸡蛋　　/116

鸟巢　/118

麻烦　/121

出轨　/125

回乡　/129

小样儿　/133

小麦　/136

米　/141

一墙之隔　/144

活着好　/148

醋缸边的女人　/150

出手　/154

一只鸟　/157

三叔　/160

拐子　/162

回家　/164

大哥　/166

秋夜歌声　/169

死亡体验　/172

守望　/175

扳着指头数到十　/177

飞向空中的盆子　/179

麦垛　/181

女镇长　/184

复仇　/187

每个门槛下面都有一把钥匙　/190

入侵者　/193

失踪者　/196

魏丽　/200

享福　/202

一个特殊的电话　/206

卖羊奶的老人　/208

欢 迎 光 临

他们见面一直固定在一个地方。那个地方有一个明显的标志：对面的三楼上挂着一个醒目的横幅，上面写着：

欢迎光临。

那是他们第一次约会时，他在这儿等她，她在电话里问他，那地方有什么标志，他就说，对面的三楼上有一个写着欢迎光临的条幅，很醒目的。

于是，他们把每次见面的地点就固定了这里。

有一次，她问他，对面楼上那条幅过一阵就换一次新的，怎么连做什么生意都没写？

他笑着说，我们一起上去看看不就知道了？

她说，才不呢，连干什么都不清楚，上去干吗！

这一次，他们又在欢迎光临的条幅下见面了。

他问她，我们今天去哪里？

他心里很想她回答：去你家吧。

他一个人在这个城市，一个人的家随时都欢迎她的光临。

可她希望他们能去一个没有熟人的地方，挽着他的胳膊散步，她喜欢坐在郊外的草坪上，把头枕在他宽大的胸膛里一边晒秋天的太阳，一边让他将随手采来的野花插到她的头上。

女孩子都这样，总喜欢那种虚幻得没头没脑的浪漫。

这个城市有几百路公交车,任何一辆公交车都可以将他们带到一个陌生的地方。陌生的地方总是能给人带来新鲜的感觉。

于是,他和她就随便上了一辆公交车,然后又倒了一趟开往郊外的公交车。

他和她交往了很长时间。这期间,他们一起去了很多地方。但就是一次也没去过他的家。

说实话,有时候,他真的需要她的一个彻头彻尾的拥抱,当然,如果可以的话,他更想亲一亲她那好看的唇。爱情这玩意就像糖和水的关系,光吃糖,太腻。如果只喝水,又太淡,只有把糖溶入水,才甜。他多想她像糖一样溶入他这杯水里呀!

他曾给她一次次地暗示过,但不知为什么,她总是找各种理由把话题岔开。

其实,他的家很好。虽然是一个人住,但他把家收拾得很整洁很温馨。他知道她是一个喜欢浪漫的女孩,他就把他家的客厅装成了一个小酒吧。他收藏了她喜欢喝的各种红酒,他随时等待着她的大驾光临。

这一天,他们又相约在"欢迎光临"那地儿见面。

以往,都是她到了时,看见他伸长脖子在那等她的。可这一次,她在那儿等了好长时间,却还没见他的踪影。她给他打电话,电话响了,却一直没人接听。

她一遍一遍地打,到后来,他的电话却关机再也打不通了。

她有些着急了。着急他会不会出什么意外,或者他突然变了心,有意要躲着她。

她决定去找他时,才突然想起来,她根本就不知道他的家在这个城市的什么地方,甚至,她连他住在这个城市的东西南北都不知道。

一片茫然中,她想起他曾一次次地邀请过她去他的家。但不知为什么她一次次地拒绝。她原以为她有他的电话就可以牢牢地把他攥在手心里。可现在他的电话却打不通了。

第二天,她在他的朋友的帮助下,终于找到了他的家。

在他的家里,她见到了他。

他静静地躺在那里,像是在秋日温暖的阳光下睡着了一样。

就在昨天,她给他打电话时,正在家里洗澡的他发现自己煤气中毒了。他听着电话铃声,却怎么也动不了,直到后来,电话铃声渐渐在他耳边消失了。

现在,她知道他真的离开她了。她好后悔当初为什么要一次次地拒绝他的邀请。她站在他的窗前,当她的目光向窗外望去时,她一下子惊在了那里。对面楼下的那几棵树,还有那公交站牌,怎么那样的熟悉?她疯了一样地跑下楼去,当她站在她和他一直会面的地方,回过头看见那"欢迎光临"几个字时,她的泪一下子涌了出来。

简　单　爱

他和女孩在大学里相恋了三年。毕业后由于工作的原因,女孩儿留在了他们上学的那座城市,而他却不得不暂时去了另外一座城市工作。

两座城市虽然相隔数百里,可他们却相爱如旧。

两座城市,两部电话,叙说着两个人的相思和相爱。

有一天,他突发奇想,他想悄悄去那个城市看看那个女孩。女孩儿总是在电话里埋怨他不够浪漫。他想浪漫一回,通过这种方式给女孩一个惊喜。

他的朋友芦芙荭说过,爱,处处充满着惊喜。

于是,他赶紧去买了去那个城市的车票。

他坐了一宿的车,在第二天清晨回到了曾经给了他许多美好回忆的那座城市。

他有些惊喜,又有些惶恐。记忆中的那个城市,竟然变得如此的陌生。

他去花店里卖了九十九朵玫瑰花。他赶在上班前,去了女孩上班单位的门口,他像一个猎人一样守候在那里。他想等女孩出现时,悄悄地尾随在女孩的身后,再拨通她的电话让她回过头。"蓦然回首,我就在你身后。"

想到这样的场景,他自己都有些激动不已了。

女孩终于出现了。

他拨通了女孩的电话。

他说,在干吗呢?

女孩说,正想你呢。

他说,胡说了吧,我听见你的脚步声了。

女孩说,正走在上班的路上。

他说,今天穿啥衣服上班?

——这是他们以前经常玩的一种游戏。

他看见女孩一边抬起头东张西望了一下,一边说,你猜?

他故意说,我猜不出来。

女孩下意识地忸怩了一下身子,撒娇说,我就要你猜嘛。

于是,他照着女孩的穿戴,从头上开始,一点一点地往下说。哈哈,这样的效果果然不错。说到后来,他看见女孩由于惊奇,脸上的表情都有些夸张了。女孩那好听的笑声不用电话,他都能听得清了。

挂了电话,当他捧起地上的花,准备向女孩走过去时,突然,一个男孩出现在了女孩的身边。男孩的手里拿着两份早点,是最普通的那种早点:豆浆、油条,还有茶叶蛋。男孩将早点递给了女孩一份,两个人就坐在了路边的台阶上吃了起来。女孩剥好一个茶叶蛋,又剥好一个茶叶蛋。她顽皮地将两个茶叶蛋举在面前,让男孩挑选。两个一模一样的茶叶蛋,却在他们的嬉闹中挑选了老半天。他看见女孩看男孩挑选茶叶蛋时的眼神是那样的幸福。

一切都是那样的自然,女孩吃着茶叶蛋时,甚至将头靠在了男孩的肩膀上。

看着眼前的一幕,他将捧在手上的花放在了身边的一株小树旁。然后,他掏出笔写了一张卡片:请把这束花送给你最爱的人。

他回头看了女孩一眼,又看了一眼,一转身,走了。

这一次,他再没有回头。就这样,一直走到车站。当他从售票员的手里接过返程的车票时,他掏出手机,给女孩发了一条短信:

我来你的城市了。

过了一会儿,女孩果然回了短信:

哈,哄鬼去。

他抬起头,看着晴朗的天空,回复道:

真的，就在刚才，我看见你和一个男孩，坐在雨中的台阶上，一起吃早点呢。

乖，好好上班吧，我们这里正晴空万里呢。

当天晚上，他就回到了他工作的城市。他原以为，两个人两座城市，相隔几百里地，是个很远的距离呢，现在想想，也就是一个晚上的距离。

他走出车站时，才发现，他工作的这个城市此时正笼罩在一场蒙蒙细雨中。他站在雨地里，掏出手机给女孩发了一条短信：

我回来了。

睡　　觉

小北在后村租住的房子，是个单间。面积也就十五六平方米。这样的房子冬天冷夏天热。冬天冷没有好办法，只有死扛。到了夏天，情况就不一样了。大家就把楼顶打扫干净，干脆铺了凉席，睡在楼顶上。

这样的睡法很有意思。单身的男人，一领小凉席，随便找个地方一铺，呼噜呼噜的就能睡。小两口大多是找些偏僻且靠墙的地方，女的贴着墙壁，男的则睡在外面起个保护作用，以防那些别有用心的人。要是单身女性，就比较谨慎小心了。如果还有单身女性的话，她们则结群而睡，一排子过去，势均力敌。若是只有一个单身女人，她们反倒是选择单身男人多的地方，她们深谙越是危险的地方越是安全的道理。

小北是个单身男人。单身的小北,还比较单纯,睡觉就睡觉,没有别的想法。他只是觉得这样的睡法很有意思,热闹。当然,要是有些女人的睡衣太过暴露,那呼之欲出的乳房,也弄得他的心咯咚咯咚的跳几跳的,但那乳房都是有人管着的,跳跳也就跳跳,容不得你有多余的想法。

老相就不一样了。老相也是个单身男人,不同的是,老相是个结过婚又离了婚的男人。这样的男人,见多识广,脸皮厚,一到楼顶上睡觉,那双眼睛就像不懂事的小屁孩一样,一点也不安分,专捡那不能看的地方看。

问题是,女人们竟然毫无觉察和防备。

那个叫凤儿的女孩就是这样的。

小北从心底里一直喜欢凤儿,他一直担心像凤儿这样的女孩在老相这样的男人面前吃亏。

老相有事没事,就喜欢和凤儿搭话。凤儿呢,没心没肺的,丝毫觉察不出老相的不怀好意。老相一搭话,她就把两只耳朵竖得跟那旗杆一样,好象老相的话是道大餐,听得一副津津有味的样子。时不时地还咯咯咯地笑,一副挺配合的样子,这让老相说起话来更加放肆。

有一次,大家伙刚在楼顶铺好凉席,凤儿就缠着老相,要老相讲故事,老相的贼眼就跟舌头似的,在凤儿的身上舔来舔去。然后,他就鸭子似的嘎嘎嘎地笑着讲了一个段子。

老相说,早先的时候,他们村里有个男孩谈了一个对象,有一天,男孩把女孩带回了家。可男孩家里穷,只有一间房,一张床。晚上睡觉时,男孩和他父亲睡一头,女孩呢,只好和男孩的母亲睡

一头。

男孩有了心事，翻来覆去怎么也睡不着。折腾到半夜，听到他父母亲响起了鼾声，于是也假装睡着的样子，一边打着呼噜，一边给女孩传话过去：呼——呼——想了，想了。

女孩听了男孩的话，也装作睡着的样子，说，呼——呼——过来吧，过来吧。

女孩的话刚说完，就听父亲的鼾声响了起来：呼——呼——不敢，不敢！

没想，父亲的话音一落地，母亲的鼾声就响了起来：呼——呼——尽他去，尽他去。

老相的段子一讲完，凤儿竟然笑得差点背过气去。她一边笑，还一边用她的小拳头去打老相，你坏死了，坏死了！

这让小北很生气，他戴上耳麦，假装听音乐，其实那音乐根本就没打开，他只是用这样的方式来表示对老相的不屑。

转眼，就进入伏天了。天气更热了。小北发现，凤儿似乎和老相走得越来越近了。

一天晚上，大家听完老相的故事后，都相继睡去。楼顶上一时鼾声此起彼伏。

夜也渐渐地深了。

就在这时，一声尖叫划破了夜空。是女人的尖叫。大家都被这尖叫声吵醒了。

尖叫声就是从楼顶上睡觉的人群里发出的，可大家坐起身后，个个都面面相觑，一脸无辜的表情。没有一个人承认叫声是从她的嘴里发出的。

那尖叫声就成了一个谜。

不过,从第二天晚上起,再也没有人上楼顶睡觉了。那尖叫声让所有人都心有余悸。

一年后,小北和凤儿终于走到了一起。

正是夏天,屋子里异常闷热,可还是没有人上楼顶睡觉。去年夏天的那声尖叫似乎还在人们的心里游荡。

凤儿就埋怨说,都是去年那尖叫声给弄的!

小北却笑了。小北说,要不是那声尖叫,我们能走到一起吗?

不　　哭

他终于等来了她的电话。她说,她要来见他。

这个电话,他等了好长时间。为了等她这个电话,他的手机几乎二十四小时都处于开机状态。连同上厕所,他把手机都抓在手上,生怕一时的疏忽,而错过了她的电话。

他一直喜欢着她。可她却专注地爱上了另一个男人。他也明白,那个男人在这个城市有房有车,能给她优越的生活,能让她在人面前光鲜起来。可他也明白,那个男人给不了他能给她的东西。当她义无反顾地弃他而去,跟了那个男人后,他就这样一直默默地选择了守候。他像一只守着老巢的鸟一样,守着他们以前租住的简陋的房子。甚至,那只在冬天里用来取暖的蜂窝煤炉子,他也一直保持着原样,安放在那里。他想,那只鸟要是真的飞累了,找不到别的归宿了,也许会飞回来的。

事实果真如他预料的那样。

那个男人并不是真心地爱她。他只是看中了她的年轻和美貌。女人的年轻和美貌是靠不住的。就像早晨的太阳,过了那个点,就不再是早晨的太阳了。它会变成午后的阳光和夕阳。

现在,她在那个男人的眼里,已是残阳了。

残阳断月,已经风景不再了。

窗外传来了汽车的声音。

他知道,她来了。

此时,屋外已下起了大雪。雪花在他的窗前舞作了一团。

他将炉子里的火又捅了捅。然后起身开门。

和以前一样,他打开门的那一瞬间,她已站在了门外。只是没了往昔那种一惊一乍的笑声了。

她进屋,屋子里很暖和,她头发和脖子上的雪,好像害羞似的,只一瞬间,便没了踪影。

她光鲜的衣着,并没有掩饰住她满脸的疲倦。他的心疼了一下。

他搬来凳子,让她坐在炉子前。凳子还是以前她坐过的那只凳子,他把它擦得很干净。

他知道,她又要向他开始倾诉了。只有他知道她的苦。他把她的那些苦都一点一点地积攒着。

他想,这一次,等她哭了时,他再轻轻地将她揽进怀里,再轻轻地抚抚她的头发。

她果真开始向他倾诉。

一切都和他听说和猜测的那样。男人不再爱她了,他找到了更年轻更漂亮的女孩。男人要像丢掉一块抹布一样将她丢掉。

男人羞辱她,打她,甚至当着她的面带着那个新人在家过夜。

她没有让她看她身上的伤疤,但他能隐隐感觉到她身上伤疤的存在。

她虽然叙说得很平净,像是在说别人的事一样,但他还是能感觉到她内心那巨大的痛苦。

他真希望她能哭出来,把心里的委屈全都哭出来,那样她的心里会好受些,可她一直没有哭。

后来,她对他说,她想吃瓜子了,想吃他们在一起时吃的那种瓜子。

他起身将早就准备好了的瓜子端了上来,还有她爱吃的花生。

他将瓜子和花生放在了烧热的炉板上。一会儿,瓜子和花生的香味就飘了起来。

他抓起瓜子,一粒一粒地剥开,再一粒一粒地放进她的手里。

他说,吃吧。

她一粒一粒地将瓜子送进嘴里。

这时,他看见她眼里的泪一坨一坨地滚了下来。

他想伸过手把她揽进怀里,像以前一样,让她的头贴在他的胸膛上,再用手去抚抚她的长发,但没有。因为这时,她手里的电话突然响了起来。她低头看了看电话号码,一下子紧张起来。

她说,我得回家了,便匆忙地握了电话向门外走去。

屋外的雪,越来越大了。随着她身影地消失,那电话铃声也一点一点地消失了。

屋外是一片白。

爱情的过客

第一眼看见她,他就被她深深地吸引住了。

她拉着一只橘红色的拉杆箱,箱子有些大,她纤小的手仿佛拉着的不是一只箱子,而是一个世界。上火车时,她显得有些无助,他就很绅士地走上去,帮她将箱子提上了火车。然后他又一路跟着她,将箱子提到了她的卧铺前,并帮她将箱子放上了行李架。

她感激地对他笑了笑,说,谢谢!

她的笑很好看,像铺在绸缎上的阳光。他在她卧铺的对面坐了下来。

她看了他一眼,又说了一声,真的很谢谢您了!这一次,她完全是一副礼貌的语气。

其实,他的卧铺就在她的对面,他明白她是误会他了。就想和她开个玩笑。他装出一副无可奈何的样子,拿起包匆匆地走了出去。

直到乘务员来换票时,他才再一次出现在她的面前。这一次,她有些吃惊了。

还有事吗?她说。

他故作神秘地对她笑了笑。这时,乘务员刚好过来换票,他将他的票递给乘务员,换了票,他再也忍不住了,哈哈地笑了起来。

他对她说,你把我当坏人了!

她也笑了,说,紧张死我了。

她是个不太言谈的女孩,从一上火车,她就不停地用手机发着短信,偶尔才会抬起头来友善地对他笑一笑。一个晚上,他们几乎没再说过几句话,他却被她那安静的样子深深地吸引住了。

到达西安火车站时,是第二天早上。下车时,他将他的包交给她提着,而他依然提着她那硕大的箱子。下到地道时,她对他说,你把箱子放到地上拉着吧,他却依然把箱子紧紧地提在手上。他就这样一直把箱子提到了出站口。他本想帮她把箱子提出站的,可她却叫住了他。她说她男朋友来接她了,就在车站外面。他接过包,将攥在手里的一张名片递给了她,他说,若有什么事要帮忙的话,可以找他。然后,他说他的手机没电了,想借她的电话给来接他的朋友打个电话。她将手机给了他,他却按下了自己手机的号码。

电话在他的裤兜里振动了好长时间,他才收了线,他说,不好意思,没人接听,我先出去找他了。

他走出出口好远好远了,才在人丛中站了下来,他回过头时,看见一个帅气的男孩拉着他刚刚提过的那只橘红的皮箱,和那女孩一起走了出来。他看着他们从他面前走过去,一直消失在远处的人流中。

他拿出手机,将她的号码存了下来。他给她取了个名字:静。

与静分别后的很长一段时间,他总会时不时地想起静来:她那吃力地拉着箱子的样子,她那安静的笑,还有她低头发短信时偶尔的抬头一笑。可他至今都不知道她真实的名字,也不知道她

住在这个城市的哪个角落。唯一有的,只是她偷偷弄来的她的电话号码,但他一次也没拨通过。

他想,要是有一天在这个城市的某个地方突然遇上她,该是怎样的情景呢?

事情还就这么巧。有一天,他和朋友去一家火锅店吃火锅,刚刚坐定,就见一名男子从卫生间里走出来。他一眼就认出了那个男子就是静的男朋友。那天,那男子拉着那只橘红色的箱子和静一起从他面前走过时,给了他很深的印象。他的心在那一刻突突地跳了几下。果然,在另一张桌子前,他看到了她——静。半年来,静几乎没有什么变化,说话依然是那么轻言细语,笑依然是那么安静。那时,她正不停地将火锅里的菜朝她男朋友面前的碟子里夹,然后用餐巾纸小心地为她的男朋友拭去脸上的汗。她在她男朋友面前,就像一只温顺的猫。

突然之间,他觉得眼睛莫名其妙地有些酸涩,心情也一下子变得不好了起来。他站起身走出了火锅店。朋友们都觉得有些莫名其妙,问他怎么了,他挥着手说,这么多吃饭的地方,为什么就要吃火锅呢!那样子,好像要把她——静从他的记忆中挥掉一样。

又是半年过去了,就在他快要忘记那个静时,却远远地在大街上看到了她。静看起来一副失意的样子,孤单而茫然,仿佛落单的鸟,看起来是那样的可怜。这一次,不知为什么他没有回避,他迎面向静走了过去,想和她打招呼,就在他和她擦肩而过时,静却是一副根本不认识他的样子,像所有擦肩而过的陌生人那样,从他身边走了过去。他在她身后,呆呆地看着她一点点远去,一点点远去。

他也不明白，为什么对静会有这样深的眷恋。只不过是一次旅途偶遇，他却始终无法忘记她。他原以为静也会记得他的，偶然在某个午后的阳光里会忆起他和她在火车上的一点一滴的，现在看来，这一切只不过是他的一厢情愿罢了。于是，他决定忘记这段苦恼的暗恋。他开始接受其他女性朋友。很快，他就和一个女孩订了婚，并定下了结婚的日期。

结婚前夕，他却意外地接到静打来的电话。这个在他手机里存了好长时间却一直没有打过的电话，终于接通了。他有些欣喜，静终究是没有忘记他。

与他猜测的一样，静与她的男友分手了。在电话里，静向他诉说着她与她的男友的离离合合，诉说着她与男友的喜怒哀乐。一个个晚上，他就像个忠实的听众一样，倾听着静的诉说。静的心情开始一天天地变得好了起来。他想，现在他与静相爱的机会终于来了。尽管他知道他会众叛亲离，他还是向即将结婚的女友提出了分手。

那天晚上，他终于鼓起了勇气，在电话里提出要与静见面。不想静却拒绝了他。静说，我们并不认识，为什么要见面？

静的话让他吃了一惊。他说，你怎么说我们不认识呢，既然不认识，你又为何给我打电话呢？

静说，对不起呀，我只是想找个人倾吐倾吐内心的痛苦。静说，这些事，她因为不想让熟悉的人知道，所以才在众多的名片里找到了他——这个已记不起是谁的电话号码打了过去。

静一口气说完这些，就挂了电话。他握着电话的手却一直那样举在那里。原来，他只不过是他朝思暮想的静的一个爱情过客而已。

虽然如此,他的手机里却一直保存着那个熟悉而陌生的电话号码。不过,从此,那个电话却再也没有响起过。

老秦的外遇

老秦是我们朋友中最早从后村出租房搬出去的人。他不仅在这个城市里有了自己的房子,还有了私家车。也算是活得人模狗样的成功人士了。

老秦的新房在三环以外,离我们居住的后村距离已经很远了,可隔三岔五,他就会开着车回到后村,吆五喝六地和我们一块去麻将馆里打牌,去小酒馆喝酒。我们喝酒只去一个地方——姐妹饭馆。

姐妹饭馆,顾名思义,是两姐妹开的。姐姐是老板,妹妹算是帮手。两姐妹不仅人长得漂亮,也做得一手好饭菜,小饭馆收拾得整洁利索。因此,小饭馆很招人青睐,生意一直不错。

我们去喝酒的时候,人还没坐下,老秦就会把他的手机、车钥匙一股脑都撇在桌子上。有时候,他还会把钱包也拍在桌子上。老秦的钱包总是鼓鼓的,像个孕妇。我们开玩笑说,老秦呀,给你当个钱包都很累。

这时候,姐姐就会笑眯眯地走过来,冲着老秦喊一声秦哥。声音软软的,甜甜的。我们就笑,说,兄弟,你可得挺住呀,这一声情哥喊的,我们身上都发绵发软、气短心虚了。姐姐笑得更欢实了,冲着我们说,妒忌了吧,妒忌了你们也改姓秦呀,到时我喊得你们都得软骨病。说着就用手去摘老秦肩上的一根头发,摘了几次都没摘下来,便用手轻轻地拂了拂。拂得老秦看姐姐的眼神都有些发飘了。

有一次,从姐妹饭馆吃饭出来,我们就对老秦说,兄弟呀,我们咋看那姐姐看你的眼神有些不对呀,好暧昧呀。你可得把握住机会,该出手时就出手。

老秦说,这种事,还用你们教我吗?说着就按动手里的车钥匙,远处车上的报警器便吱哇吱哇地叫了起来。

老秦结婚才刚刚两年,他的老婆长得小巧玲珑,是个很贤惠的女人。我们以为这话说过了就说过了,不过是一句玩笑而已,没想到,老秦却当了真。

过了几天,老秦来到我的出租房,也不说话,围着我那十几平方米的出租房一通乱转。我问老秦有什么事,老秦说,你们也都看出来了,那姐姐真的对我有些意思呢,我得准备准备了。

我说,不会吧,兄弟!

老秦说,我本想在外面租套房子的,可想来想去,还是不安全,后来就想到了你,我想借你的房子用用,有你作掩护,谁也不会怀疑的。况且,将来我们两个人约会,也就十天半月一次,不会影响你正常生活的。

我觉得这事有些为虎作伥的意思,不想答应。老秦却说,兄弟,你该不会不同意我借你的房吧。

怎么会呢?我说。

老秦见我答应了,顿时心花怒放起来。

第二天,老秦再次来到我的出租房。这次他带来了几个工人,还用皮卡车拉来了几桶乳胶漆。老秦亲自指挥着那些工人,开始粉刷墙壁。墙壁粉刷好后,他又买来了一张新席梦思床,换下了我的那张硬板床。同时,我屋里的那张只有三条腿的桌子,也被一张新桌子替代。

我把我的钥匙给了老秦一把。我说,兄弟,祝你成功!

我想,也许很快老秦就会带着那个姐姐出现在我的出租屋了。可眼见着夏天都将过去了,老秦和那姐姐却一次也没在我的出租屋出现过。夏天时,老秦还给我的房子里安装了一台空调。他还在为他即将到来的爱情做着准备。

晚上,我独自躺在老秦买来的席梦思床上,吹着老秦买来的空调,看着那装修一新的墙壁,心里总有些过意不去。我真希望老秦和那姐姐能来我的房子约会,哪怕一次也行。

有一次,我问老秦,兄弟呀,你和那姐姐的事进展得怎样了?

老秦兴奋地给我做了一个OK的手势。说,快欧了。

看那架式,我想也许今天晚上,老秦就会搂得美人归了。我每天都把房间打扫得干干净净。

下了一场雪,冬天就来了。老秦又给我的房子里安上了暖气炉。外面雪花飞飞,屋子里却是那样的暖和。我想,我真得感谢那个姐姐了,一年来,我都是享着她该享的福。

事情是在过完年时突然发生的变化。

过年时,我和老秦都回了乡下老家。等我们过完年回到后村时,我们才发现,姐妹饭馆那一排房子已被夷为平地。那地方拆迁了。我们站在那里,找不到了姐妹饭馆,也找不到了那对姐妹了。

老秦一脸的沮丧,他说,怎么可能,怎么可能呢?

我让老秦打姐姐的电话,让他问问她们搬到哪里去了。没想到,老秦却说,他根本就没有留那姐姐的电话。

我能理解老秦那时的心情——一块即将到嘴的肉就这样失去了。

回到我的房子,看着那张大大的席梦思床,我问老秦,兄弟,那这些你花钱置办的东西咋办?

老秦说,你留着用吧。

水　　秀

工地上最热闹的日子是发工资的那几天。手上有了钱,大家的腰板都挺得直了些,说话时出气都粗了好多。

走,喝酒看月亮去!

喝酒的意思小北明白,大家伙凑份子,一起找个类似于"重庆老大妈酒馆"的地方,要几个便宜一点的菜,喝上一顿。这样的小饭馆价廉物美,就是撑破肚皮,也花不了多少钱。虽然叫老大妈饭馆,老板娘都是正宗的川妹子,身板姿色都不错,说话软声细雨的,一边喝着酒,一边和老板娘打打情,骂骂俏,饭就有滋味得多了。

吃完饭,当然就得去看月亮了。

工地不远的地方就是一个小公园,公园的边上开着一家洗头房。那里的老板很有些创意,只要交了钱,就可以将里面的妹子带到公园里去，一边看月亮，一边办事。这创意既安全又有几分浪漫，很受这些长年在外的男人欢迎。大家就把这美其名曰"看月亮"。

至于看月亮是什么意思，小北一点也不清楚，但他很好奇，就问工友，"海上生明月，天涯共此时"，天上就一个月亮，哪里不能看，还得找个地方看月亮去？工友们听了，都是露出一脸坏坏的笑，却并不给他答案。"去去去，这不是你个小毛孩该知道的事，该干吗干吗去。"

小北才十九岁，还没处对象呢，好多的事，工友们都不让他知道。当然，小北也有些工友们不知道的事。比如，小北一直在背着工友们找水秀。

水秀是小北初中时的同学。上初中那会儿，小北就暗暗地喜欢上了水秀。小北明白，水秀也是喜欢他的。

那时，水秀是班上的文体委员，班上每次活动了，水秀就主动地邀小北跳舞。水秀有着高挺的胸脯，这让他们跳起舞时很不方便，常常就弄得小北面红耳赤的。水秀就偷偷地抿着嘴笑。

小北本想等他和水秀一起上完高中，再一起上大学的，没想到，离高考还有一年时，水秀就消失了，消失得无踪无影。后来，他才知道，水秀是和几个姐妹一块进城了。为此，水秀还和家里闹过一场。水秀有着很好的成绩，可不管老师和她的父母怎样劝说，水秀就是不上。"杨老师不是上了大学吗，怎么还在乡里教书？"面对父母苦口婆心的劝说，水秀只有这一句话。

也许是命运的安排，小北高中毕业也没考上大学。小北反倒解脱了似的，当即决定也进城去闯闯。冥冥之中他感觉到，有一天他会在城里和水秀相遇的。

相遇,才是缘分;相遇,更是一种浪漫。

可这么大一个城市,不说是相遇了,就是你费尽力气去找一个人,也如同大海捞针一样呀。

没事时,小北就一个人坐在那里想他的水秀。小北并不清楚水秀在城里干着一份什么样的工作,但水秀长得好,又爱笑,一定会像城里的女孩子一样,披着长发,背着双肩包去转街,去转商场,去吃肯德基。有时候,小北甚至想象着他就在了水秀的身边,水秀挽着他的胳膊,他们一起去转公园呢。

其实,小北进城前已通过各种关系弄到了水秀的电话号码,那个号码他已烂熟于心,这也是最直接找到水秀的方式,可这个电话小北一次也没有打过。

小北相信他和水秀的缘分。

发工资的日子又到了,工友们照例得去喝酒看月亮。这样的日子,就像过大年一样,个个脸上都洋溢着笑。

这一天,工友们喝酒看月亮回来,突然就说到了水秀。有人说他看到水秀了。"不得了呢,染着一头黄头发,说着一口普通话,那衣服穿的,半个奶子都露在外面。"工友们说到水秀时都是一脸坏坏的笑。小北一听到水秀的名字,心就突突地跳了起来。

第二天,几个工友们再出去时,小北就悄悄地跟在他们后面。

小北躲在一边,看着他们一个个兴高采烈地走进了公园旁的那家洗头房,再出来时,臂膀上都挎着一个妹子。他们就像一对恋人那样,卿卿我我地走向了小公园的树丛中。小北突然就明白了看月亮的意思。小北转身想走,突然就看到了一张熟悉的脸,跟在一个男人的身旁,向树丛中走去。

水秀!

小北差点就喊出了声。

怎么会是水秀呢？小北不敢相信自己的眼睛。他没想到他苦苦寻找水秀，竟然会在这样一个地方相遇。

小北看见那个男人把水秀带进丛林后，就像变了个人似的，那双手就像一只饥饿的狼，直直地向水秀的胸前扑去。然后他们就倒在了草丛中。

那一刻，小北突然想到了那串烂熟于心的号码，他掏出手机拨了过去。

手机里传来一串优美的铃声。小北想，水秀听到铃声一定会推开那个男人接电话的。

电话铃声依然响着，可丛林中的躺在那男人身下的水秀似乎没有一点反应。

又过了一会儿，电话通了，小北有些激动。这时，电话里却传来一个男人浑厚的声音：喂，请问哪位？

小北分明听见男人的声音后面传来的背景音乐——《回家》。

喂，请问你是哪一位？说话呀！

小北轻轻地按下了手机上的返回键，他抬起头时，发现天上的那轮月亮在他的眼前变得越来越模糊。

长 发 女 孩

秀心里清楚,良一直喜欢着自己。

秀和良同班上学时,秀就坐在良的前排。秀的后脑勺虽然没有长眼,可她能隐隐感觉到,良在做完作业时,总是盯着她出神。

秀不仅人长得漂亮,那头秀发更是引人注目,仿佛是一挂瀑布,从肩上长泻而下,飞扬而又飘逸。这头发不仅让班里的男生惊叹不已,连同女生也都羡慕得要死。

良是那种性格比较内向的男孩,无论啥事都闷在心里,掖得严丝合缝的,从不用言语表达出来,良对秀的爱慕也是如此。良爱画画,得了空,总喜欢画上几笔。良的画画得很古怪,一色的是少女,一色的是长长的秀发,全都跟秀的秀发一个模样。秀发现了这个秘密,就将她的头发洗得更亮、更富有光泽。下课时,秀就找各种机会,站在离良不远不近的地方,故意用手将头发一撩一撩的,撩得良的心如同秀的长发一样忽悠忽悠地直飘。

有一次,语文课上,当老师讲到,辛亥革命之后,国民政府下令要剪去男人的辫子时,良就听得走了神,忍不住喊了一句:"千万不能剪呀!"良的喊叫声,立即招来了满堂的哄笑,同学们都为良的一声喊而感到莫名其妙,只有秀的心里明白是怎么一回事。她的心里甜甜的,如同喝了蜜。

转眼,秀和良就高中毕业了,他们都未能考上大学,各自回到了自己的村子里去参加生产队的劳动。两村隔得很远,这之后,他们几乎没有见面的机会。不过,良的心里一直想着秀的那头美发,秀呢,自然惦念着良这个人。

生活总是充满着戏剧性。秀和良毕业后的第二年,秀嫁给了根。

根和良是同村,且住在同一个院落。

秀刚刚嫁过来时,很少能看到良的身影,但不知怎的,秀隐隐地觉得,那久违了的目光似乎又如影随形般地回到了她的身边。那目光时而像太阳般炽热,时而又像月光那样柔顺,有时,秀还能感到一丝哀怨和绝望。秀知道,那目光是良的。

根是村里小学的民办老师。根是个现代观念很强的青年,结婚前,他也是喜欢秀的那一头秀发的,但时间不长,根就发现,镇里的女孩子们都把头发烫成了绵羊毛一样的卷发。根便将秀也带到小镇上去,让秀剪掉了那头秀发,烫成了一头卷发。

秀顶着那鸡窝一样的头发在院落里出出进进时,大家都夸秀好洋气,洋气得像城里的女孩一样。可秀的心里却一点也兴奋不起来,因为她发现,自从她把头发烫成卷发后,那时时让她心动,让她牵肠挂肚的目光,也随着她的那头秀发一起被剪掉了一样,一下子从她的身边消失了,如同一只鸟儿飞得无影无踪。

这之后,秀常常就看见良的身影在村里晃来晃去,良总是喝得稀泥烂醉,胡子也不再剃,头发修得老长,一副放荡不羁的样子。

秀看到良的这个样子,心如同被针刺一样样难受。

有一次,秀在村口见到了良,秀就说,良,你该娶个媳妇了。

良对秀笑了笑。

过了一段时间,一向拒绝谈对象的良,真的就开始找对象了。

良的对象是邻村的一个女孩。良将那女孩第一次领回家时,正是春天,村里人都去良的家看那女孩。秀也去了。秀惊奇地发现,那女孩也像她以前一样,有着一头长长的秀发。甚至,那女孩的头发比她的更长,更有光泽。秀看见良当着村里所有人的面,时不时地就会用手去摸一摸那女孩的头发。

良和那女孩的爱情进行得很快,他们一来一去过几次,就把婚期定了下来,等到秋天收了地里的粮,他们就结婚。

听到这个消息,秀的心由开始的高兴变成失落,再由失落变成了妒忌。她甚至有点憎恨那个长发女孩了。

第二天,秀去了一趟小镇,回来时,她的那头卷发就被拉得直溜溜的了。

秀的头发长得很快,雨后春笋般。春天刚刚过去一半,秀的那头头发就长得和以前一模一样了。没事时,秀就顶着这头秀发在村子里走来走去。有一次,她看到那个女孩挽着良的胳膊站在村口,便迎了上去,故意将那头发在他们的面前甩了几甩。秀看见,那一刻,良的目光仿佛风中的火苗,一点一点地燃烧了起来。

秀明白,良的心里还有着自己的位置。

秋天的脚步越来越近了,良和那女孩的婚期也越来越近了。可这时,秀发现,那女孩在村子里出现得越来越少了。秀故意问根,良要结婚了,他们准备送什么礼物?根听了这话,竟惊讶地看了秀好半天,说,你怎么还不知道?良和那女孩退了婚。多好的一个女孩呀,他说退就退了!

秀说,为什么?

根说,鬼知道为什么!

秀想劝劝良,这是个多么好的女孩呀,让他不要再错过这机会了,可良似乎有意躲避她似的,总也见不上个面。见不上面,秀却分明感到那目光却处处跟着她,好像是那雾,正一团一团地向她罩了过来。

秀突然之间,有点害怕了。那曾经让她天天牵挂,让她感到幸福,感受到温暖的目光,现在却变成了一种内疚和负担。

秀又去了一趟小镇。她剪掉了她的那头秀发。

从小镇上回来,秀才发现,她的长发是剪掉了,可那双目光却总是剪不掉。

郝中这个人

还是说说郝中吧。怎么说呢,在我的印象里,郝中总是行色匆匆的,一直都是很忙碌的样子。比如说你和他一块走路,你是不能打马虎眼的,你稍一走神,再回头时,也许他早没了踪影。我们和他开玩笑说,你谈恋爱时丢过女朋友没?你女朋友要是和你一块散步,十个怕都丢了。

郝中的儿子上小学时曾写过一篇作文,题目叫《我的父亲》,这孩子还真聪明,他笔下的郝中生动而形象:我的父亲是个急性子,我和他一块上厕所,他大便,我小便,我的尿还没尿完呢,他就提着裤子走出了厕所。

急性子并没有什么不好的。比如郝中,当初他和秋小晚谈恋爱时,就省去了好多烦琐的过程。他就像一首没有序曲,没有过度的歌一样,音乐一起,就直奔高潮而去。

那时,郝中在县运输公司开车,是一辆老式的解放牌的油罐车。他的车在公路上跑的时候,屁股后面总是烟雾冲天,那样子仿佛是一条尾巴上点燃了一挂鞭炮的狗。

有一次,朋友拉着郝中去县剧团看戏。郝中喜欢那种打打闹闹的武戏,一听见演员在台上咿咿呀呀地唱,他就没了耐心,就东张西望地想找点热闹。这一东张西望,郝中就被台侧乐队里的那个弹琵琶的女子吸住了。那女子长得眉清目秀的,特别是那长长的头发,被一条丝绢轻轻拢住,再从左肩前斜披下来,真如行云流瀑一样。当下,郝中就一眼认出了那女子是他上小学时的同桌,他差一点就喊出了她的名字——秋小晚。

郝中上小学时,一到夏天,中午就得在学校午休。有一次,他和秋小晚分别在属于他们的桌子和凳子上午休,不知哪个可恶的家伙,在他们睡着的时候,竟然解下了郝中的裤带,用它将秋小晚的两根发辫绑在了凳子腿上。午休的起床铃响起的时候,秋小晚因为发辫被绑在了凳子腿上,怎么也起不来,而郝中却揪着他的裤腰,满世界地寻找他的裤带。

这个意外的发现,让郝中一下子兴奋了起来。第二天,郝中就给秋小晚寄去了一封求爱信。郝中的求爱信是这样写的:

秋小晚,我喜欢你,如果你觉得行的话,就到运输公司来找我坐车吧。

这是郝中平生第一封求爱信。他将信一发出去,就时时刻刻地盼着秋小晚来找他坐车。他不出车时,就找各种各样的借口待在运输公司的大门口,等着秋小晚的到来。连同上厕所他都是急急巴巴的,他生怕秋小晚真的来找他而找不到他了。

过了几天,没想到秋小晚还真的来找郝中坐车了。也不知是秋小晚是用这方式来表达她对郝中那封信的默许,还是她是真的有事要坐车。秋小晚是和她的姑妈一块来的,她说她要陪她姑妈去省城办事。

郝中当时那个高兴呀!他连忙将车门打开,让秋小晚和她的姑妈坐进了司机台,一脚油门就超过了好几辆车。

车行到半道的一座山顶时,就突然熄火了。郝中说对不起,车坏了。他让秋小晚的姑妈踩着车闸,就拉着秋小晚要她下车去帮他修车。秋小晚和她姑妈谁都没有想到这是郝中的一个阴谋,一个狠命地用脚死死地踩着本就不用踩的车闸,一个就这样随着他钻进了车底。

郝中就这样在秋小晚姑妈的眼皮下,在车底下把秋小晚变成了他的媳妇。

日子就像郝中做事一样匆匆地飞着往前过。郝中和秋小晚匆匆结婚后,匆匆有了一个小孩。接下来,孩子就匆匆地长大了。郝中依然开着他的车东奔西跑地挣钱养家糊口,秋小晚却像弹她的琵琶一样,很有节奏地操持着家务。郝中虽然做事潦草些,可郝中对秋小晚的爱却是越来越深,越来越烈。只要他出车回来,不管多晚,也不管多累,一进门他就抱着秋小晚温存一番。之后,就一股脑地将他给秋小晚带的吃的穿的摆满一床,让秋小晚一一过目。秋小晚有时也怨郝中性子太急,做起事来,就像行军打仗一样,可一看到疲惫地躺在床上嘴角还挂着微笑的郝中,想到郝中对自己的痛爱,心里的不满也就不消而散了。是呀,一转眼郝中都快奔五十了,她曾劝郝中,不要他再出车了,可郝中却说,等儿子大学毕业了,等把买房子的钱还完了,他就不出车了,回来好好陪她,天天给她做好吃的,天天晚上陪她散步,给她洗脚。

这样的好日子,郝中最终还是没等来。

那天,郝中出车回来打开屋子门,当他扬着手里给秋小晚买的东西,等待秋小晚温暖的一抱时,却见秋小晚身子歪斜地躺在客厅的地上。他手忙脚乱地将秋小晚送到医院里,医生告诉他,秋小晚脑出血了,梗阻了,半身不遂了。也就是说,秋小晚那只曾经拨弹琵琶的纤纤小手,从此将僵硬地杵在那里不得动了。

儿子正在为他的工作忙着,是靠不住的。一切只有靠郝中。

郝中终于不出车了,单位考虑他的情况,给他安排了一个闲一点的工作,让他能照管秋小晚,只是工资比不得从前了。

尽管郝中性子急,但在一个病人面前,他还是学会了细心,每天给秋小晚吃了药,他会给秋小晚做做按摩,再扶着她到外面转转,做些力所能及的锻炼,他坚信秋小晚在他的细心照料下,早晚是会重新站起来的。

最初,秋小晚的手还真的能上下动动,说话语速慢一点,还是能听得清的。扶着她,她还能坚持围着小区的房子转一圈。可随着时间的推移,秋小晚的病情是越来越重了,她只能躺在床上,吃饭喝水得郝中去喂,拉屎撒尿要郝中去帮。她的眼睛虽然还一闪一闪地亮,可她只能用动物般的号哭来表达了。

一晃就是五年,亲戚朋友们觉得郝中日子过得真是太凄惶,就劝他再找一个女人,一来是帮帮他,二来也好有个搭伴说话的人。郝中想了想也就答应了。可是,一连见了好多个似乎都没有成功。不是人家听了他的情况打了退堂鼓,就是郝中觉得对方达不到他的条件。

郝中的条件说起来很简单,那就是要细心。

这天,又有人给他介绍了一个。郝中去见了,对方对他也挺满意的,愿意和他一起照顾秋小晚,郝中也觉得对方这人还不错,一切看起来似乎是水到渠成了。两人准备再喝一杯茶就一块去郝中家看看,就在那女人拿起了茶壶给郝中添水时,却发生了意外,郝中看见那女人端着茶壶,水是没倒进茶杯,那壶盖却跌落在了桌子上,郝中看着在桌子上骨碌碌旋转的壶盖,说了声对不起,就头也不回地走了。

媒　　人

杨红旗这个人,也是从我们老家那边到省城打工的,算是乡党。我在后村租房住的时候,他也在后村住着。只是我们彼此并不认识。后来,朋友介绍在一块吃过几次饭,就熟了,知道他为人很仗义,是个热心肠的人。

朋友说,有什么事要帮忙的了,就找杨红旗吧。

有一次,我和一个朋友在后村的饭馆里吃饭,正好遇着杨红旗,就坐到了一起。喝酒的时候,我对朋友说,哥们,杨大哥是个很会办事的人,快给他敬杯酒吧,将来请他给你帮着找个对象。

杨红旗听了这话,就眉飞色舞地笑起来,他说,这你算是找对人了,不说远的,光是今年,经我介绍的就成了三对。

酒场上说的话,说过就撇了,没当真。

不想过了十来天,杨红旗真的打来了电话。他在电话里说,他给我朋友物色了一个对象,大学毕业,人长得不仅漂亮,性格还很安静文雅。他让我的朋友去和这女孩儿见见面。

杨红旗还真是个办事的角儿!我说,我得和朋友商量商量,杨红旗说,商量什么呀,我都和人家女孩儿说好了,明天中午,建设路的上岛咖啡馆,不见不散。

第二天,朋友按时到了约定的地点去和那女孩儿见面。

一会儿工夫,杨红旗就给我打来电话。杨红旗在电话里说,哈哈,现在两人已接上了头,在茶馆里谈上了。我是找了个借口撤出来的,情况如何,我们晚上分头问问他们,不管什么结果,明天中午回个话吧。

第二天,还没到中午,杨红旗就打来电话,他说女孩儿觉得我的朋友还不错,问我朋友对女孩儿的印象如何?

其实,当天晚上,还没等我给我朋友打电话,朋友的电话就打过来了。他让我谢谢杨红旗,女孩儿其实挺好的,可他就是不来电。

我只好将情况给杨红旗说了。结果可能有些出乎杨红旗的意外,他突然提高了嗓门,什么?就你朋友那德行,还看不上那女孩儿!好了,好了,你就让你那朋友等着后悔去吧。

过了一个多月吧,有一天,杨红旗突然给我打来了电话。听声音,很得意的样子。

杨红旗告诉我说,他现在正在建设路的上岛咖啡馆,他让我赶紧过去一趟。我问什么事呀这么急?我正在外面办事呢。他说,也没什么急事,就是想让我去见见上次给我朋友介绍过的那个女孩儿。

杨红旗给那女孩儿又介绍了个对象，是市电视台的一个编导。各方面的情况都比我的那个朋友好。他让我去看那女孩儿，就一个目的，要证明他的眼光没有问题。杨红旗说，他一定要给女孩儿找个比我朋友要好的对象！

听了杨红旗的话，我心里觉得好笑，这人还真有些意思，太较真了。

那天我最终还是没去见那个女孩儿，婚姻这事总得讲个缘分的。萝卜青菜，各有所爱。即使那女孩儿真的长得不错，证明杨红旗的眼光没有问题，又能怎样？那女孩儿和我的朋友没能成，说明他俩没缘分，能和那个电视台的编导成了，说明他们俩有缘分。

这事就这样过去了，杨红旗大概还在生我朋友的气，有好长时间也不给我打电话了。

中秋节到了，几个没着没落的朋友准备聚到一块吃饭，都是背井离乡的人，过节的时候都想在一块热闹热闹。突然就想到了杨红旗。

算一算，真是好长时间没见到他了。

一个朋友说，听说杨红旗的老婆正在和杨红旗闹离婚呢。

我有些不相信，杨红旗这人还真是个好人呀，不仅对朋友仗义，对老婆也挺不错的呀，怎么就离婚呢？

那个朋友说，那是以前的杨红旗，人总是在变的。听说杨红旗现在可牛了，整天带着一个漂亮的女孩东游西荡的，好像还是个大学生呢。

怎么可能呢？我拨通了杨红旗的电话。

没等我开口，杨红旗就在电话里滔滔不绝地说开了。

知道我现在在哪吗?呵呵,我正在去武汉的路上。记得上次给你朋友介绍的那个女孩儿吧,我带她去武汉相亲。那边有个朋友,自个儿开了家公司,有房有车的,比上次那个什么电视台的编导要好多了。我想,这一次一定没问题的,等我回来请你喝酒吧。

这个杨红旗呀!我还能说什么呢?

我对着电话说了句,祝你成功,挂上了电话。

邻　　居

他和他是邻居。

他叫秦少天,开着一粮行。而他,人们都叫他小伍子,开的是一爿小小的豆腐作坊,每天起早贪黑的,也只能勉强地维持生计。

秦少天的粮行是小镇里最大的,生意也就做得顺风顺水,一切都有管家和下人去打理。没事了,他就坐在阁楼上喝茶。高处不胜寒呐,他越来越觉得生活没意思。

从阁楼上看下去,就是小伍子的豆腐作坊:两间破草房,一盘大石磨,再有的就是两口大铁锅。

小伍子做豆腐的豆子,也是从秦少天的粮行里买来的。豆子买回来了,用水浸泡了,再用石磨磨了,他们连一头拉磨的驴都没有,小伍子腰里顶着一根杠子,就那么一圈一圈地将豆子磨成浆。

接下来,烧水、点浆、过浆,等到天明时,热腾腾的豆腐就出锅了。这时候,小伍子就将那还冒着热气的豆腐装进挑子里,忽忽悠悠地去沿街叫卖。小镇上的人都喜欢吃小伍子做的豆腐。

尽管如此,小伍子的日子却过得很快乐。秦少天坐在阁楼上,常常能听见从小伍子的破院子里飞出的笑声。那笑声好像是用蜜水浸泡过了一样,是那样的甜美。特别是小伍子的媳妇,一笑起来就没完没了。他们的快乐是那样的简单,某一天多挣了几钱碎银子,小伍子折一朵野花插在了他媳妇的头上,都能让他们乐乎半天。

真是不可思议。秦少天觉得那笑声就是一把锥子,锥得他心痛。

有时候,小伍子也和他的媳妇闹点小矛盾,打打闹闹的。那只是平时笑声中的小插曲。小伍子很心疼他的媳妇,重活累活一点也不让她干。小伍子媳妇也总是闲不下来。小伍子磨完豆浆,刚一坐下,她就忙着去给他捶肩挠背。挠着挠着,就故意把手伸进了小伍子的腋窝,挠出一片笑声来。

有一次,下大雪。秦少天还看见小伍子在豆腐坊前的空地上,堆了一个大大的雪人。两个人像孩子似的在那追逐着。笑声都能震塌房子。

"他们怎么就那么快乐呢?"有一天,秦少天叫来管家,他问管家。

管家说,穷开心呗。

想想也是呀。秦少天想起自己还没发家之前,不也是这样吗。那时什么都没有,有的就是穷开心。可现在他什么都不缺时,却怎么也开心不起来。

秦少天觉得他都有半年没有笑过了。

又一天,小伍子来秦少天粮行买豆子。秦少天拿出了一块银锭交给了管家。他吩咐管家,悄悄地把这锭银子放进小伍子装豆子的口袋里。

管家说,东家,这么大一锭银子,就是他小伍子磨豆腐,几年都挣不来的呢。

秦少天一笑,说,你明天早上随我去阁楼吧,到时你就明白我的意思了。

第二天早上,管家随秦少天来到阁楼上,他们站在那里向小伍子豆腐作坊望去,那里却是一片漆黑。先前忙碌的景象没了,磨豆腐的石磨声没了,勺子和锅的碰撞声没了,更没了小两口的说笑声。

管家问秦少天,东家,这是怎么回事?按说,他们无端地得了那么大的一锭银子,还不乐死呢。

秦少天抿嘴一笑,什么也没说。

就是从那天起,小伍子和他媳妇的笑声,就像鸟一样飞走了,再也没回来。

秦少天再坐在阁楼上,耳朵里是一片死寂。

又过了些日子,一个晚上,小伍子带着他的媳妇悄无声息地离开了小镇。他们去了哪里,没人知道。

小伍子的那个豆腐作坊在后来的日子,就变成了一片废墟,寂静得要命。

远　方

　　冬日的中午,奶奶和孙子躺在房山花的躺椅上晒太阳。

　　天气好暖和。太阳就像那狗的舌头,一点一点地从他们的身上舔过。舔得他们身上的毛孔都一个个舒展了开来。

　　远处的山一座连一座,也极舒服地蹲在那儿晒太阳。

　　奶奶真的老了,和孙子正说着话呢,眼睛就眯上了,随即,那没了门牙的嘴里就发出了轻轻的呼噜声。

　　孙子觉得很无趣。以前爸妈在家时,院子里可热闹了,吃饭时,只要在场院里摆上桌子,那鸡呀狗的,都欢叫着在院子里跑来跑去,有时候,那做生意的就把蹦蹦车停在了场院中,村子里的男男女女,买货不买货,都会围着那蹦蹦车叽叽喳喳地说个不停。可现在,那份热闹一去不返了。爸爸妈妈出了远门,门前的树上连只鸟都不落了。孙子将手里握着的土坷垃掷向树时,听到的只是"叭"的一声脆响。

　　孙子不知道该做些什么,他跑到场院边对着一棵树撒了一泡尿,再用脚将一粒石子踢飞了出去,那粒石子就像一只鸟一样在空中飞了好远好远,突然就中了弹一样,一头栽在了前面的一座楼房的房顶上。孙子不害怕,就是那石子砸中了那楼房的玻璃,也没什么可怕的。他知道,那也是一座空楼房——房子的主人也像他的爸妈一样,出了远门。

孙子孤寂地坐在了躺椅上,眼睛迷惘地向远处的那座山看去,很无助的样子。

突然,孙子的眼就亮了一下,仿佛黑夜里飞起的一星火。他连忙摇醒了奶奶。

"奶奶,你看那山上是啥?"

孙子其实还很小,对啥事都有些好奇。

奶奶睁开昏花的眼时,脑袋还有些迷糊。太阳有点耀眼,她就手搭凉篷向孙子指的方向看去。

奶奶说,那是寨子,新中国成立前住土匪的,后来土匪走了,村子的男人就去那里躲壮丁……

孙子有些急了,说,不是,不是。那我知道,你都给我说了一百遍了,我说的是那儿,你看,是那儿。

奶奶再次抬起昏花的老眼,这次,她顺着孙子指的方向看了好久好久。

噢,你问的是那东西。那是炼铁炉。五八年,全村的人都集中在那大炼钢铁,吃共产主义饭呢。

不是不是,这你也说过了,奶奶,我说的是那东西。

奶奶这次看得很认真。山里的许多事,是给孙子讲过的。但讲过也就忘了。一有机会,她总会又讲。过去的事她记得太清楚了,只是眼前的事,她反倒有些记不住了。再说了,村里的年轻人都到山的那边去了,寂寞了总得说点什么吧。

奶奶看了一会儿,忽然间恍然大悟了。

对了,对了。你问的是那东西?我怎么以前就没和你讲呢?那是碑。那年修从山里到山外的公路时,半拉子山崩了,死了好多人……这次,奶奶讲得很投入,她讲着讲着,老花的眼里竟然有

了泪。

孙子有些不耐烦了,可当他看见奶奶眼里的泪时,口气软了许多。

奶奶,你怎么又哭了?每次你一讲到那碑,那公路,你就哭。

其实,在奶奶的心里,她恨着那条路呢。那条路夺去了她丈夫的命,又是那条路让她的儿子和媳妇背井离乡去了山那边,丢下年迈的她和年幼的小孙子。有时她想,人要那么多的钱做什么呢?一家人在一块多好呀!可儿子和媳妇就不那么想。他们和村里的那些年轻人一道,年初出去,年尾才回来。

孙子有些不依不饶。

奶奶,我是问那个地方的那个东西。

奶奶用手抹了抹眼上的泪,只好又抬起头向远方看去。奶奶根本就看不清那远处的东西了。她老眼昏花的,常常把眼前的树当作人呢。她之所以能把远处每一座山上的东西说得清清楚楚,是因为那每一件事她都经历过。她是凭着记忆向孙子述说呢。

奶奶看了好久好久,当然什么也没看清,她终于有些泄气了。孙子呢,他一直以为他看见的是从山那边走来的人呢,看了许久,才明白,那不是。他也有些泄气了。

奶奶的呼噜声再次响起时,孙子也就睡了过去。

太阳很暖和,有一串口水正从孙子的嘴角淌下来,有一瞬间,太阳光刚好反射在上面,竟然是那么晶莹透亮。

戏

四爷在草台班子唱了一辈子戏,肚子里装满了戏文。乡里人说,四爷打个喷嚏都是戏腔。

四爷老了。四爷不再走村串寨唱戏。四爷回到老家乡下。

回到乡下的四爷,不会莳弄庄稼,也不会种花养草,甚至连喂个狗儿猫儿的都不会。四爷每每回忆起那风风光光唱戏的日子,就倍感寂寞。有一天,四爷不知怎么的,突然就冒出了一个念头:他要写一本戏。

四爷肚子里没多少墨水,可四爷有丰富的舞台经验,有坎坷的人生经历。四爷苦苦熬了三年,果然就熬出了一本戏,毛笔小楷抄写得工工整整。

四爷写好戏,就病倒了。四爷躺在床上,头枕着那厚厚的戏本,闭着眼把戏里的生旦净末丑大小人物,一一搬上舞台,给他们穿上戏装,让他们念、打、做、唱。四爷就很激动。仿佛他自己也上了舞台一般。可是等四爷睁开眼,看到的不是舞台,而是自己那破烂不堪的房顶时,四爷的心就凉了。他一声接一声地叹气,他倾毕生心血写的戏,只能一遍一遍地在他的心里演,只能当枕头用了。他好伤心。

后来的一天,村里就来了一个人。那人四十多岁,长得浓眉大眼,宽脸阔额。那人姓张,自称是县文化馆的戏剧干部。四爷仿佛待嫁的闺女遇着了称心如意的人一样,抖着手将戏本郑重地交给了那人。那人坐在四爷的床边,读着四爷的戏本,读着读着,竟然泪水涟涟,他被四爷的戏打动了。临走时,那人握着四爷那骨瘦如柴的手,一个劲地说:"等着吧,我一定要让县剧团将这部戏排出来。"

四爷的病就好了许多。四爷拄着拐杖在院子里走来走去时,想着自己写的戏不久就会搬上舞台,心里就很高兴很激动。四爷一天天掐算着日子,戏上演了,无论如何他也得去看呢。

一转眼,半年时间就过去了。四爷写的戏竟然无任何消息。四爷心里很着急,他的心里有一种不祥的预感,这戏怕是没什么指望了。四爷怀着忐忑的心让儿子去城里打探消息。

儿子回来了,脸上堆满了笑。儿子说:"爹,你就放心吧,人家说了,你的戏被送到了地区,由地区剧团排演呢。"

难怪拖了这么长时间。四爷的心既高兴又有点惋惜。县城都那么远,地区又有多远了?他担心路远了,自己看不着自己写的戏了。

儿子说:"爹,你就放心,地区再远,我就是背也要将你背去,让你看上你自己的戏。"

又是半年过去了。四爷的戏还没什么动静。四爷又逼着儿子去了趟县城。他让儿子去打探,戏到底排得怎么样了。

这一次,四爷的儿子带回的消息,更是让四爷大吃一惊,他真不敢相信,他写的戏竟然能被省里看中,戏中的角儿,竟然要由省里大红大紫的角儿出演。

一连多少天,四爷夜里都睡不着觉。省城该有多远?他知道他这一生注定看不着自己写的戏了。但凭他演了一辈子的戏,能想象得出那戏叫省城的名角儿演,将是何等的光彩夺目。

日子一日挨一日过去。四爷的思绪在自己的戏里徜徉着。一晃又是一年多。

这一年里,四爷不止一次地让儿子去城里打探那戏的消息。但儿子总推说事忙,脱不开身。有一天,四爷突然从自己的戏中走了出来。从戏里走出的四爷,仿佛是从梦中醒来了一样,才意识到,那人一定是骗了他,儿子也一定出于某种原因哄着他。四爷拄着拐杖,颤巍巍地晃动着步子,他要只身去趟县城,他要弄清楚到底是怎么回事。

儿子苦苦劝说,苦苦求情都无济于事。儿子知道纸已包不住火了,"扑通"一声跪在了四爷的面前。

"爹,你打吧,你骂吧。是我哄了你,你写的戏本丢了。"

"咣当"一声,四爷手中的拐杖落在了地上。四爷原本就瘦弱的身子,像一根麦草一样,也落在了地上。

四爷整整在床上躺了大半年。四爷不甘心他苦苦花了三年工夫写的戏就这样完了。他强迫自己吃那又苦又涩的药。他要让自己的身子尽快好起来。他要拿起笔将戏重新写出来。

这是一个非常好的艳阳天,躺在病床上的四爷,似乎受到了这天气的感染,心情也轻松了许多。他走下床,拄着拐杖在屋子里走了几圈后,忽然有了一种感觉:重新写戏的日子到了。四爷找来了笔和墨,当他打开当着生产队会计的儿子的箱子,想找点纸时,他惊呆了。他忽然明白,儿子又一次哄了他。他发现他用毛笔小楷工工整整写的戏本,寂寞地躺在儿子的箱底里。他彻底明白了,这多年来,儿子为什么一而再再而三地哄他,原来是自己写的戏不行,早就被人家给退了回来。四爷想到这,悲伤不已,他

拿起那戏本,将它塞进灶膛,一把火烧了。

四爷的儿子怀着一种愉悦的心情回到家里后,发现了昏倒在地上的四爷。四爷的儿子自然不知道四爷昏倒的原因,他连忙将四爷抱起来放在床上,请来老中医。

四爷的一口气是缓过来了,可他却一直处在昏迷当中。

四爷的儿子站在床边,望着气若游丝的四爷,心像刀绞一般难受。

"爹,你要挺住呀,以前,是我做儿子的不孝哄了你,可这次,是真的了,县剧团就要排你的戏了。"

四爷听儿子说这话,微微睁开眼,嘴角露出一丝苦笑,摇了一下头。

"你千万要挺住,你知道吗?为了保护你的这本戏,文化馆的那个张老师吃了多少苦头!有人说你这戏是毒草,批他斗他,要他交出作者,可他死也不说,后来,为了从那帮人的手里偷回你的戏本,被他们活活地折磨而死……爹,张老师临死时,说的唯一一句话就是:保护好你,保护好你的剧本,一定要将这戏搬上舞台。"

说到这儿,儿子忽然发现四爷那散了神的瞳孔猛地睁了一下,嘴微微地动着像有什么话要说。然而,当他将耳朵贴上去时,听到的却是爹吐出的最后一口气。

鲜 花

又是一天过去了,男孩还是没有找到工作。男孩有点气馁了。要是再找不到合适的工作的话,吃饭都是个问题了。想到吃饭,男孩还真是有点饿了,今天一天,他就像是跑场子似的,赶了几个招聘的地方,有两处,他几乎连挤都没有挤进去。这城市里的工作,就是一块肉,现在真是狼多肉少呀。

男孩在一个烤肉摊前坐了下来,不管怎样,得先把肚子填饱。

男孩把身上的钱都掏出来数了数,总共只有五十多元钱了。他想了想,还是要了十元钱的烤肉。

男孩一边吃着烤肉,一边在做明天的打算:不管怎样,明天先找个事干着,哪怕是干苦力都行。

这时,男孩突然听见一个很好听的声音叫道:"叔叔,买束花吧!"男孩抬起头,见一个很漂亮的小姑娘站在他的面前,手捧一束鲜艳的玫瑰花。那花显然是刚从枝上剪下来的,上面还挂着几滴晶莹的露珠。

"叔叔,买一束吧,你看姐姐长得多漂亮!"

男孩抬起头时,才发现他的旁边坐着一位漂亮的姑娘,正在津津有味地吃着烤肉串呢。

小女孩显然是搞错了,把这个他并不认识的姑娘当成他的女友了。

"姐姐真的好漂亮呢！鲜花配美女，多好！"小女孩见他有些犹豫，又补充了一句。

这小女孩真会说话！

男孩看着面前这个手捧鲜花的小女孩笑了笑，心想，我现在连工作都没找到，自个儿吃饭都是问题，哪有钱买花呢。但当他的眼睛落在身边坐着的那个姑娘的脸上时，不知怎的，那拒绝的话刚到嘴边，又被他咽了回去。他对小女孩说道："小妹妹，你问问姐姐喜欢这花吗？"

男孩想，这么漂亮的姑娘，怎么会接受一个陌生男子的鲜花呢？这样既委婉地拒绝那个小女孩，又不会在这么漂亮的姑娘面前丢面子。

"姐姐一定喜欢的，是吗？"小女孩显然认定了那姑娘就是他的女友了，她走到那姑娘的面前，讨好地说道。

男孩的心提到了嗓子眼上。他现在开始有些后悔，不该开这种玩笑。这事弄不好惹恼了那女孩，多没意思。

那女孩听了小女孩的话后，呆愣了片刻，但她很快地就明白了是怎么回事，她撩起长长的睫毛，看了男孩一眼，脸唰地红了。"糟了。"男孩想，如果那女孩发起脾气来，可如何收场？

"姐姐，那就让叔叔买一枝送你吧。"小女孩说，"我爹死了，我妈去年被车轧断了一条腿，没办法，她就在屋里种花，她让我将花卖了，好交欠学校的学费，我还要用这钱给妈妈看病呢……"

听了小女孩的话，男孩突然心里一动，这小女孩小小年纪，要自己挣学费，还想着给妈妈治病，真的不容易呀。男孩掏出十元钱来买下了那束鲜花，并让小女孩将那束鲜花送给了那位女孩。

小女孩将花送给了那位女孩，接过钱，说了声谢谢，就走了。

男孩回过头时,才发现身旁的那姑娘,眼里竟然噙满了泪花。

男孩见女孩哭了,吓了一跳,不知所措地搓着双手,像个做错了事的孩子低下头,说:"对不起,我只是想帮帮那小女孩,买走她十元钱的困难,这花因为我拿着也没什么用,才……才送给你的。"

"谢谢,我会好好珍惜这束花的。"

女孩说完这话,也起身走了。

半年后的一天,男孩突然在一报上看到这样一篇文章:一身患绝症的女孩准备轻生时,在一个烤肉摊前,无意中,一个陌生的男孩送给她一束鲜花。正是那束鲜花,让女孩重新燃起了她对生命的渴望,之后,女孩积极地配合医生进行治疗,没想到,她的病竟然奇迹般地好了。

那女孩在接受记者的采访时这样说道:"鲜花是男孩花十元钱买的,我之所以接受那束鲜花,是因为那男孩当时只是想帮帮那个困难的小女孩,男孩用十元钱买走了小女孩的十元钱困境,却用十元送给了我一片阳光。"

抱 抱 我

天还没有完全放亮,到处都是灰麻麻的。小区里的那几盏路灯好像也没睡醒似的,也显得是那么无精打采。阿三从楼梯道里出来时,心里好像有一群被猎人追赶的兔子,突突突地跳个不停。

阿三是第一次干这事。第一次干活,得格外小心点。因此,三天前,阿三就开始踩点,在确信三楼的那户人家已好多天没有回家后,阿三才准备动手。可没想到,昨天晚上阿三刚刚爬上那户人家的阳台,那户人家的男主人竟鬼使神差般地回来了。听到钥匙在门眼里转动的声音,阿三吓得差点没从阳台上栽下去。阿三本来想等那男主人睡了后,赶快脚底下抹油,溜之大吉,没想到那家伙竟然打开了电脑玩起了游戏,这一开玩就玩到了天亮,害得躲在阳台上的阿三连大气都不敢出。

本来,阿三这几天都没睡好,中途有好几次阿三瞌睡得差点都要睡过去,可阿三知道他睡觉时毛病多,不仅磨牙说梦话,还打呼噜。阿三只好拼了命地掐自己的胳膊掐自己的腿以保持清醒。

庆幸的是,天快亮时,那家的男主人最终是熬不住了,趴在桌子上打起了呼噜。阿三拾起阳台上的一只饮料罐故意丢到地上,弄出咕噜噜的一串响,响声挺大,那家男主人竟然没有一点反应,阿三高兴坏了,脱了鞋就轻手轻脚地往外走。

阿三刚刚走到门边,冷不丁,电脑边的手机响了起来。突兀的手机铃声把阿三吓了一跳,阿三不得不快步退回到阳台上。手机铃声响了半天,愣是没把那男人吵醒,急得阿三恨不得过去将那电话扔出窗外去。

手机铃声总算停了下来。阿三刚准备走,那手机又呜呜哇哇地响了起来。这一次,男人总算被手机声弄醒了。那男人迷迷糊糊地将手机扣向耳边接听了起来。大约是信号不太好,男人对着手机喂了几声,竟然举着手机向阳台走了过来。

阿三这下吓得可不轻,这户人家显然是搬来时间不太长,阳台上光光的,连个可以用来遮掩的家什都没有。好在那男人还没走到阳台,电话就接完了。大概事情急,男人合上电话,关了电脑和灯,就匆匆忙忙地出门走了。

听着男人咚咚下楼的脚步声,阿三这才松了口气。

阿三立即从阳台走进房里。阿三想,反正主人已经走了,昨晚在阳台上担惊受怕了一夜,咱总不能就这样空着手走吧。这样想着,阿三就掏出小手电在屋里细细打量起来。这一打量,阿三不禁有些泄气了。这房子显然主人来住的次数并不多,屋子里摆设很简单,除了那台电脑值点钱外,并没有什么贵重的东西。阿三在屋子里搜寻了一圈,一样可以带走的东西都没有。电脑倒是值点钱,可那么大个家伙要带出这小区,想想都不太可能。

阿三总有些不甘心,他打开了主人的衣柜,里面男人女人的衣服倒不少,阿三挑了一件衬衣,再挑了一套西服穿到了身上。然后走到卫生间洗了脸,对着那镜子把头梳了梳,临了,他还将梳妆台上的那瓶香水打开,给身上狠狠地喷了喷,才打开门走出去。

阿三刚走出门,就听见楼上传来了咚的一声关门声,容不得他细想,就撒开了脚丫子,一口气跑下了楼。

阿三站在那里喘了半天气,等心情完全平静下来,才辨清出小区的方向。

此时,小区里静悄悄的,没有一个人。阿三身上穿着西服,脖子上扎着领带,还有那香喷喷的香水味,让他心里很兴奋。阿三长这么大,还是第一次穿这么好的西服呢。反正小区的人都还没有起床,阿三就将手插进裤兜里,像模像样地走起了八字步。有一阵,他甚至想吹吹口哨呢。

阿三正得意地在路上走着,身后突然传来了一声喊叫:"站住!"

虽然那喊声是从一个女人的喉咙里发的,软软的、细细的,可阿三还是吓了一跳。

阿三正心想,这下完了,一定是刚才从楼上下来时,让人发现了。阿三现在有些后悔穿这身西服了,这西服穿在身上松垮垮的,显然有点不太合身,还有这刺鼻的香水味,这一切都可能成为证据。

阿三这样一想,心里就害怕了起来,脚下不由得加快了速度。这时,身后又传来了那女子的声音:

"跑那么快干吗呀!"

完了,彻底地完了。现在要是硬跑起来,那女人只要一喊,任凭自己有多大的本事,也是逃不了的。

阿三索性停了脚步,他回过身,看见离他不远处的路灯下,一个女子正向他跑来。

那女子有二十八九岁,走起路来风摆柳似的。

这时,那女子又说话了,语气竟有点撒娇的意思:"乖乖,等等我呀!"

乖乖?什么意思?

阿三想,莫非因为这身衣服,那女子认错了人?

果然,那女子快要走到阿三身边时,突然伸出了双臂,摆出了拥抱的姿势说:

"来,乖乖,让我抱抱你吧。"

阿三心下既害怕,又有点窃喜,哈,没偷到东西却遇到桃花运了。阿三情不自禁地举起了他的双臂向那女子迎去。

可是,那女子走到阿三近旁时,却突然弯下了腰,阿三低头一看,就在他的脚旁,不知什么时候多出了一条小狗,那小狗只有拳头般大小。女子抱起小狗,一边亲着小狗,一边说:"乖乖,让我好好亲亲。"

小　　满

前几天,不知怎么的突然之间就想起了小满来。十年前,那个让鹤城许多男人夜夜都躺在床上胡思乱想过,又让许多男人为之遗憾过的小满,就像早上的一缕阳光,一闪,就挤进了我的脑子里。

我满脑子都是一种亮堂堂的感觉。

第一次见到小满,是在春天的一个早上。小满推着一辆童车,童车的上面插满了花花绿绿的风车。正是春暖花开的季节,小满推着童车呼呼隆隆地走在绿树掩映的鹤城老街上,就仿佛是一幅画。

童车里面坐着的是一个有半岁多的小孩,小满一边走着,一边逗着那小孩,小孩就像一只雏鸡一样,被小满逗得嘎嘎地笑着。我看着小满推着那辆童车一路走到了一个早餐摊前,她要了一碗豆浆,两根油条,坐在那里开始给那小孩喂了起来。

那时,我刚到鹤城时间不长,关于小满的许多事我并不知道。小满看起来也不过是十八九岁的样子,她走路有时还一蹦一跳的,浑身上下都充满着少女的蓬勃的气息。我想,她不过是带着她的弟弟或者是她的侄子,也或许根本就是她邻家的孩子。我甚

至在走过她的身边时,还故意挑逗性地吹起了口哨。那时,在鹤城男孩子中间最流行的就是吹口哨了,男孩子如果觉得哪个女孩儿漂亮了,想引起她对自己的注意,从她身边走过时,就会吹一吹口哨。那样子很有些可笑,好像是一只公狗见了母狗就摇尾巴一样。

我的口哨并没有引起小满的注意,倒是那个坐在童车上的小孩儿听了我的口哨声,对着我咯咯地笑了起来,样子很是可爱。

太阳刚刚出来,我踩着小满拖在地上那长长的影子说,嗨!你的弟弟长得真可爱!

小满没有理我,她放下碗,推起童车头也不回地匆匆地走了。

后来,我才知道,那个小孩儿并不是小满的弟弟,也不是她的侄子,更不是她邻家的孩子。他竟然是小满自己的儿子。

小满年纪轻轻就生了儿子,这让我没有意料到。好奇心让我极力想知道,这么一朵鲜花会开在怎样一堆牛粪上。我开始在我熟识的人中间打听她的丈夫。被问的人听我打听这事,都用奇怪地眼神看着我说,连小满她自己都不知道的事,你问我?告诉你吧,小满也在找呢,你没看见她一天一天地往派出所跑吗?

派出所在鹤城东背街的一条老巷子里。

我们看见,小满果然是隔个一天两天的就要推着她的儿子去派出所一趟。

小满把童车就放在派出所门外的那个铁匠铺的老柳树下,她进了派出所什么也不说,就那么一言不发地坐在老所长的对面。坐得老所长心里一阵一阵地发毛。老所长有些无奈,他堆着一脸的笑对小满说,小满呀,我们比你还急呀,你就别一趟一趟地跑了,我们逮住那家伙了就立马通知你。

小满什么也不说,她擦着脸上的泪,就转身走出派出所。

小满走出派出所的大门了,听见站在派出所院子里的老所长还在那里叹息:小满这孩子,当初要是听人劝将这孩子做掉了,事情过去了也就过去了!

小满走向铁匠铺,远远就看见微风将童车上的风车吹得呼啦啦地转。她的儿子正兴高采烈地坐在老柳树下的童车上,看着老铁匠和小铁匠将一块烧红了的铁敲打出一片星光。

老铁匠和小铁匠父子俩是四川人,鹤城人将他们叫四川蹶子。他们说话总是把腔调拖得长长的,好像是春天里小河里的小蝌蚪,尾巴一甩一甩的。

小铁匠和小满差不多年纪,他看见小满来了,那柄握在他手里的铁锤仿佛就不听使唤似的,时不时地就抡了空。那好听的叮当声就乱了套,就没有了节奏感。

小满坐在老柳树下,就听老铁匠有些生气地说,你走啥子神哟,差点砸了老子的脑壳!

日子在叮当叮当的节奏声中,就这么一天一天地过去了。小满再去派出所时,我们看见她就不再用童车了,她的儿子可以在铁匠铺里到处跑了,她的儿子可以说扁担长板凳短了。老铁匠和小铁匠对小满的儿子很好,小满去派出所时,他们干脆就停下手里的活哄着小满的儿子玩。老铁匠见了小满就说,小满,赶明儿我给你打把刀,等哪一天派出所将那人抓住了,咱拿刀捅死他!小满听了这话,只是笑笑。

又一个春天到来时,小满的儿子突然大病了一场,小铁匠帮着小满将她的儿子送到了医院里,小满的儿子高烧不退,医生说这孩子怕是保不住了,我们还没见过怎么用药都退不了烧的。小满就跑到医生的面前求医生再想想办法。那些天,小铁匠也几乎一刻不离地和小满一块守那孩子。

也许是小满的真情感动了上天,第七天,小满的儿子终于醒了过来。当小满的儿子喊着妈妈说,他要吃饭时,在场的人几乎都惊呆了。小满儿子那一口地道的鹤城方言竟然变成了正宗的和小铁匠一模一样的四川话了。

这事很快就在鹤城的大街小巷中传开了,而且越传越神。

小满没事时,依然带着她的儿子到铁匠铺里看小铁匠和老铁匠打铁,小满从心底里感激着小铁匠,看着她的儿子用一口的四川话和小铁匠说着话时,心里有一种说不出的欢喜。

可是,这种欢喜的日子就像是兔子的尾巴,是那样的短暂。一件意想不到的事发生了。

那天,派出所的老所长带着几个警察来到了铁匠铺,他们什么话也没有说,就用铐子铐走了小铁匠。

很快传出话来,小铁匠就是当年糟蹋小满的那个人。我们鹤城派出所一向断案很糟糕的老所长,这一次突然大胆地从小满儿子的口音上找出了线索,并没有费多少事,小铁匠就承认了事实。

那天,鹤城的人几乎都将目光集中在了小满的身上,当她带着儿子进了派出所,人们都认为,小满用了六年时间总算找到了凶手,她一定会将他千刀万剐的。没想到她见了老所长一下子就跪在了他的面前,小满说,老所长,求求你放了小铁匠吧,事情都过去了这多年,我也不想送他进去了,我只想给我的儿子一个完整的家。

他就要来了

他是个循规蹈矩的人。每天早上7点30分起床,洗漱完之后出门,理所当然地在小区最边的那家早餐店吃早餐。豆浆、油条,外加一只鸡蛋。

卖早餐的是一对河南的夫妇,三十多岁的样子。男的长得憨厚老实,女的长得精明能干。有时候,他吃早餐时,身上没零钱,女老板就笑着说,下次一起给吧。他天天早上在这儿吃早餐,已吃成熟人了。可他却不,他宁肯去旁边的小商店买包烟,把钱找开,也要把早餐钱付了。

吃完早餐,已是8点10分了。从早餐店到公交车站,五分钟的路程,然后坐11路公交车,到单位时,刚好是8点50分。他单位是9点上班。

多少年了,他都是这样,已成了一种习惯。

习惯一旦形成,就很难改变。

有时,途中遇到熟人,说话也是匆匆忙忙的,他不想因为说话而打乱了后面的节奏。

比如,星期中间的某一天,星期三或星期四,单位突然停了电,就会放假半天,让大家回家休息。按说,这是好事,许多人都求之不得,可他却不喜欢这样。就好像正在睡觉的人,突然被人弄醒了,就不怎么舒服,就有些不知所措。

他一直喜欢生活在自己的生活节奏里而不被任何人、任何事情打扰。

可生活在这个世界,又怎能不被人打扰呢?

有一天,他就接到一个电话。一个外地的朋友要来他所在的城市。这是他很想见而多年未见的一个朋友。他不止一次地在电话里邀约这个朋友来他居住的这个城市里玩。可真的这个朋友在电话里说要来的时候,他却有些害怕了。倒不是钱的事。他忽然觉得,一潭平静的水突然被人扔进了一粒石子一样。他很想找个借口躲开去,可又不好推辞。

从第二天开始,他觉得他的生活好像一下乱了套。他想着朋友来了怎样接站,怎样安排住宿,然后又怎样招待。还有,朋友会不会要去这个城市的风景区旅游,那么旅游的车怎么解决。一想到这些事,他就有些头疼,就有些慌乱。

更重要的是,他不能像以前那样了,5点下班,6点30分吃饭,7点30分准时和棋友们坐在小区的凉亭里,一边悠闲地喝着茶,一边杀上几盘了。

还有一个不可告人的秘密,那个一直和他有些暧昧的女子,每天的一个电话煲,也不得不把通话时间缩短了下来。这让朋友和那女子也都不习惯了。他不得不一遍一遍地给他们解释:朋友就要来了。

一切的一切都准备好了。他终于嘘了一口气。他开始等待着朋友的到来。

等待,也是很折磨人的。好像是一块扔到天上的石头,你不知道它什么时候才能落下来,更不知道它是以怎样的方式落下来。

这时,朋友却打来了电话。朋友说很抱歉,因为临时有事,行程不得不往后推。等他处理完事,立马就来。

他很有些气愤,怎么说往后推就推了呢。酒店都预订了,接站的车也已找好了,连同请来陪吃陪喝的朋友的电话都打过了。怎么说推后就推后了呢。他不得不一一打电话,退酒店,退车。给那帮准备陪吃陪喝的朋友打电话时,很是费了一番口舌,但事情终究还是办妥了。

那一刻,他忽然松了一口气。可随即,他又紧张了起来:朋友并没有说他不来,只是因为有事把时间往后推了。那么,推后到什么时候呢?

这之后,他的生活便莫名地变得一片混乱,心情也随之变得烦躁不安起来。那个朋友会随时随地跳进他的脑海里。比如,他正在和他的那帮棋友下棋,那个朋友毫无征兆地就会杀进他的脑海里。有一次,他好容易和那个和他暧昧了很长时间的女子见面了。女子闭着眼让他亲吻。亲着亲着,那个朋友竟然就跳入了他的脑海里。他心里一紧张一慌乱,就分了心。女子很不乐意,以为他不爱她了,他想解释,却不知道该怎样解释。

他拿着手机,希望有那个朋友的电话,可朋友的电话却一直没来,甚至连一个短信也没发来过。

招 领 启 事

父亲下岗了。他悄悄地去租来一辆人力三轮车,趁着朦胧的月色,穿街走巷地拉送客人。他告诉家里人说,他们厂子倒班,他现在从白班改上夜班。

夜幕降临,当这个城市一片灯火辉煌时,瘦弱的父亲瞪着人力三轮车在大街小巷穿行着,寻找着顾客。多一个顾客,就多一分收获,多一分希望。

这个晚上,天贼冷,父亲仍像往常一样,在街上寻找着目标,冬天的夜晚,人们大多都龟缩在屋里,眼见都 10 点了,儿子这个月上大学的生活费用还差一大截。这时,父亲忽然看见了自己的儿子和一位貌容可人的女孩向他走来。一边走,一边举着手拦挡他的车。

父亲心里一紧,他想拒载,但看着冷清的街道再没有车了,便立马背过脸戴上口罩,拉低帽檐。

车在儿子和女孩面前停住了,他目睹这儿子拉着女孩的手上了车。

父亲没有说话。

"到三棵树酒吧!"

儿子说着,然后紧紧拥住了身边的女孩。他听见儿子的嘴唇在女孩的脸上亲吻出一片声响。

父亲像一头老牛一样,气喘吁吁地蹬着车小心翼翼地在人流中穿行。他知道,此时此刻,儿子拥着那女孩沉浸在幸福之中,他不能惊散了儿子美梦。

糟糕的是,车子在拐进一条巷子时,突然间就发生了故障,或许是两个人的分量太重,也或许是路面不太好,车链"咣"的一声断了。

父亲不得不下车去收拾车链,佢摆弄了好长时间就是修不好。

儿子和女孩先是有些急,接下来就变得有些愤愤的样子。

父亲未收儿子一分钱。

儿子和女孩走后,父亲忽然发现他们的包丢在了车上。可这时,儿子他们已经走了。

几天后,晚报上登出一则招领启事,启事是父亲登的,说一位三轮车夫在车上拾了一个包,请失主到××处认领。

结　　局

小女子有个很好听的名字叫潇白。大家都以为她姓白,因此就小白小白地喊。潇白也懒得去费口舌纠正。

别人叫:小白。

她就答:嗳——

你家小龚昨晚又没回来?

小白说,加班哩。

都以为她是南方人,因为她说起话来舌头就好像春天风中的柳条似的,软声细气的。即使是生气骂人的时候,听得人骨头都要化。

潇白住的这地儿,是个大杂院,全都是租房户。天南地北的人,问话的是四川腔,答话可能就是河南腔。旁边要是再有几个插话的,也都是不同的口音。

有人说,这小龚,光忙着给别人种田,自家的地却荒着。

小白就不再搭腔了,端了洗衣服的盆子,小腰一拧一拧地回屋去了,再没出来。

小白的男朋友小龚是干什么工作的,大杂院没有人知道。平时大家几乎很少能见到他。回来了,总是提着大包小包的东西,全是商场里买的零食。小白就将这些零食拿一些出来,分给邻家的孩子。小白自己也吃,她搬了椅子,坐在门口,她吃一口,给脚前卧着的小狗喂一口。大杂院的人知道,这个时候,那小龚是在屋子里补晚上的觉,过来过去,就放轻了脚步。

小龚人长得很帅气,一年中大多的日子都穿着一件栗子色的皮夹克,走起路来呼呼生风,眉宇间总是有几分英武之气,大杂院里的人就猜他一定是个刑警。

想想也是,大杂院以前老是丢东西,放在路道的自行车呀,晒在楼顶上的衣服呀,有时,连女人的胸罩这些鸡零狗碎的东西也丢。最厉害的一次是,一个温州的小老板,晚上在床上睡觉,隐隐听到有响动,睁眼一看,见自己的衣服裤子长了脚似的,正从开着的窗户往外跑。小老板头一天刚好从外面收回了一笔款,有3万多块,全装在上衣的口袋里,裤带上还拴了一个手机。眼见着衣服快没了时,小老板一声大叫,抓小偷!

小老板一声喊,满院子人都惊醒了,大家只是在门缝窗后瞪着眼,没有人敢开门出去。只有一人,浑身上下只穿了一条裤衩,冲着那贼追了过去。等那人手里拎着小老板的衣裤从外面喘着气跑回来。人们才看清,是头天刚搬到大杂院来的小龚。小龚什么话也没说,将衣服扔给了小老板就回屋睡觉去了。

经了这一次,大杂院再没有丢过东西。

潇白平时没什么事可做,她的任务就是从早到晚,或是从晚到早地等小龚回家。有时候也出去,或是去街上的某个发廊做一下头发,或是去超市买东西,可时间都不会老长。

有一次,潇白去超市买东西,回来时竟是满脸的泪痕,说话时还在不停地抽咽。一问才知她在外面遭遇了小偷。小龚送给她的价值近万元的一条项链让小偷给摘去了。大杂院的人无法弥补潇白的损失,只能拿言语来劝。

河南腔说,这小偷也忒胆大了,咱刑警的女朋友也敢偷!

四川腔说,咱小白的脸上也没有写字,小偷咋知道?得了,说不定哪一天那小偷就撞到咱小龚的枪口上了,撞上了再好好收拾。

这时潇白家的门就开了,小龚一边打着呵欠,一边从屋里走出来,一问是这么回事,就笑了。说,算了算了,赶明儿重给你弄一条。小龚说话很有意思,他把买不叫买,而是叫弄。大家都笑了。

过了几天,潇白出门时,穿了一件低领衫,她那白玉一样的脖子上果然就挂了一条项链,和先前那条几乎是一模一样。大杂院的人看得直咂嘴。女孩儿们都说,小白真有福气,咋就能碰上这么好的男人。

当然,也有不福气的时候。

有一天,小龚从外面回来,走路一瘸一拐的,满脸都是血。他的皮夹克的一只袖子,也不见了,好像是从战场上下来的一样。潇白一见,就吓哭了。哭过了,就打车去医院。

这之后的好长时间,小龚很少再出门,潇白陪着他在屋里休息,在院子里转。院子里的几个老头老太,闲了时在院里支个麻将桌打麻将,小龚和潇白就搬了凳子坐在旁边看。或者,院子里几个小女孩儿放学回来做完作业跳皮筋,将皮筋的一头拴在树上,另一头就让他拉着。他坐在椅子上,脸上笑笑的,小女孩子们跳着跳着,他就睡着了。

院子里的人都说,小龚和小白这俩人真是好人呀!

小龚的伤渐渐地好了起来。小龚和潇白开始成双入对地一块出门上街了。又过了一些时日,有人突然说,怎么这几天没见小龚,也没见小白了。大家一想,是有好多天没见他们了。就去敲潇白的门,一敲,门开了,才发现小龚和潇白家里的东西全搬走了。这小龚,搬家怎么也不打个招呼。

小龚和潇白搬走不长时间,大杂院里又被小偷偷了一次。是小湖北的一辆八成新的摩托。大家又想起小龚和潇白来。他们说,还是他们在这好呀。可想归想,他们再没有见过他们。

大约过了半年,温州那个小老板回来对大杂院里的人说,他见到小龚了。大家忙问他在哪见到的。小老板就从手提包里拿出了一份报纸,报纸是当地的一份晚报,在一版的位置上有一行醒目的标题:神偷龚晓晓昨夜落网。标题下面是一幅大大的照片:是小龚。

黄 昏

先是一声。

接着是两三声。

老人抬起头在门前的树上瞅了半天,也没寻见鸟的身影。老人以为他又出现幻听了。这样的事,以前也常常发生在老人身上的。

再过几天,老人从庄稼地里回来时,突然发现房前屋后到处都闪烁着鸟的飞影。像风裹动的树叶,在眼前飞舞着。寂静的黄昏一下子律动了起来。

这一次,老人听到了鸟儿们那啾啾的叫声。

老人耸耸鼻子,是的,春天的味越来越浓烈了。

老人走进屋里,再出来时,他的手上就多了一把木勺。木勺里是金灿灿的麦粒。老人抓起麦粒,一把一把地向道场上扬去。金黄的麦粒在黄昏中划出一道道优美的弧线后,就在道场上砸出了一声声鸟的叫声。

啾。

啾啾。

啾啾啾。

老人坐在门前的那块巨石上,一脸慈祥地看着那些鸟儿叽叽喳喳地抢食着地上的麦粒。好像那些鸟儿是他的孩子。

春夏秋冬一年四季,老人最喜欢的就是春天了。春天的黄昏,老人就喜欢坐在门前的这块巨石上,看家家户户房顶上冒起的炊烟;看村里的男人们从地里收工赶着牛羊回家;还有那翅膀上还挂着水珠的鸭子们,一摇一晃不紧不慢地从面前走过。

这样的日子多好呀。

可这一切,对于老人来说,似乎成了记忆。

时间过得真是个快呀。一眨眼几十年就过去了。那个时候,这个村庄是多么美呀,人还没到村庄,老远就能感受到那热闹的氛围。不说村庄,你就是走在村子外面的小路上,冷不丁,路边的庄稼地里就会窜出个人来,吓你一大跳。

老人记得,那时他还年轻。也是在春天的一个黄昏,他到了这个村庄。

他本来是路过这个村庄,去另一个村庄的。可走到这个村庄时,天就要黑了。因此,他走得有些急,就出了事。他的一只脚在迈出时,不小心踢起了一粒小土块,那土块就像一只鸟一样飞了出去。他根本没有想到,在他前面不远处有个姑娘也正走在黄昏的路上,那土块好像长了眼一样,不偏不倚正好砸在前面走着的那个姑娘的屁股上。

他着实吓了一跳。他想他是惹祸了。

这时,却见那姑娘回眸一笑,说,不敢吧?

他没想到,这意外飞出去的一块小土块,让姑娘误以为是他向她传达爱意了。

不敢吧?这似乎是带着商量的口气,还有姑娘那灿烂的笑容,一下子鼓起了他的勇气。那时的他,也正气盛着呢,心想,有什么不敢的!

他毫不犹豫地向那姑娘追了过去。

也就是在这个美丽的黄昏,当他和姑娘从路边的小树林里一起走出来时,他就成了这个村庄的人。

他对姑娘说,不管发生什么变化,他都要守着这个美丽的村庄和她好好地过一辈子。

可现在,当老人在春天的黄昏里坐在这块巨石上时,所有的一切都不复存在了。狗的叫声没了,鸡的叫声没了,连同孩童的嬉闹声也没了。

老人每天只能看着自己房顶上的炊烟一缕缕升起,再一缕缕飘散。

村庄还是先前的村庄,只是再没有了早先的欢声笑语。

村子里的陆陆续续地都搬走了。许多人都来劝他,让他和他们一起搬走,搬到河川去,那里有宽阔的大马路,出门就能买到想要买的东西。可他就是不走。没有人知道他不走的原因。只有他的心里清楚,他是在坚守着几十年前那个黄昏他对她的承诺。几年前她就去了,她就埋在当年他们相会的那棵树下。那棵树现在也已成了一棵老树,将来,他要和她一起在这棵树下守着这个美丽的村庄。

鸟儿们已吃净了地上的麦子,一只只地飞走了。场院里一下静了下来。

老人从巨石上站起身,天还没完全黑。他开始动身向村外走去,慢慢地,他走到了几十年前他和她相见的地方。几十年了,这里几乎没什么变化。说没变化也不对,其实路边的那些树都长大了变粗了。只是早些年又被人砍掉了。这两年,老人又在那地方种上了小树。老人看着眼前的景象,突然有些心血来潮,他的心突突地跳了几下,然后,他像当年那样在路上走了起来。估摸着差不多了,他脚下一用力,一粒小土块就飞了起来。那土块像一只鸟一样向前面飞去。老人想在空中找到那土块的身影,却什么也看不见,他只好竖起耳朵想听听土块落地时的声音。

他等呀等,黄昏却是一片寂静。

活　宝

奇怪的事发生在一个早晨。

猫头的父亲早上去庄子的水井挑水,看见一只老母鸡领着一群小鸡在水井边嬉戏。他觉得奇怪,是谁家的鸡,这么早就跑出来了?那些小鸡长得很可爱,猫头的父亲放下水桶,忍不住就伸出手去抓住了一只小鸡。奇怪的事就在这时发生了。只是一瞬间的工夫,那只老母鸡和其他的小鸡就不见了,再看看手里的那只小鸡,却已死去,沉沉地变成了一只小金鸡。

猫头的父亲高兴坏了,他知道他这是遇到活宝了。

所谓的活宝,就是能在地底下跑的宝,比如金鸡呀,金马呀,金猪呀。它们在地底下长成了型,时不时地就会跑到地面上来显露一下。

庄子里早先就有一个会赶宝的人,他能将地下的那些活宝从地下赶出来,只是他还从来没有将活宝捉住过呢。

猫头的父亲将那只小金鸡捧回了家。他让猫头娘捧着那只小金鸡看,又让猫头也捧着那只小金鸡看。他对他们说,哈,这回我们真的发财了!

就在他们一家人做着发财的美梦时,意想不到的事发生了。

当猫头有些爱不释手地将那只小金鸡交给他父亲时,一不小心,那只小金鸡掉在了地上。谁能想到呢?那只小金鸡一掉到地上,就像鱼儿见了水一般,活了。它竟然还吱吱地叫了一声,就一头钻进地里去了。猫头眼明手快,他伸手想拽住那小金鸡的尾巴,却是什么也没抓着。

到了嘴的肉竟然没了。

事情就是这样,当初,要是这只小金鸡不出现在猫头父亲的面前也就罢了。现在,它出现了,却一转眼又没了,这让猫头一家人的心里都不好受。

于是,猫头的父亲在一天黄昏,做出了一个决定,他决定掘地三尺,也要找到那只小金鸡,活捉这个活宝。

猫头的父亲对他们一家人做了明确的分工。猫头的父亲负责挖掘工作,猫头和猫头娘负责运土渣。

那天晚上,他们点燃了油灯,从那只小金鸡掉下去的那个地方开始挖掘。

他们就像几只土拨鼠那样,一点一点地将土从地下拱了出来。

当他们挖到两米深的时候,麻烦来了。一块硕大的石头挡在了那里,铁锹挖上去金星四溅。他们不得不改变挖掘的方向。方向的改变,使挖掘工作顺利了许多,这让他们受到了很大的鼓舞。

洞越挖越深,为了节省时间,除了上厕所,猫头和他的父亲几乎不再出洞,甚至连吃饭他都是让猫头娘给他们用箩筐吊下去。

他们刚开始挖洞时,正是初春季节,猫头和他的父亲还穿着小棉袄呢。现在,他们已是光着臂膊在下面挖掘了。猫头父亲的脸上,胡子也长得老长。

有一天,猫头娘给他们用箩筐吊下饭时,还用一片大树叶给他们包了一包东西,他们打开一看,竟然是一包樱桃。猫头父亲说,我们下来时,樱桃树还没发芽呢,现在樱桃都能吃了。

猫头说,我们挖出去的土上面怕是长了草吧。

猫头和他父亲就这样一边说着话,一边吃着樱桃。樱桃很甜,他们却看不清樱桃的颜色。

突然,猫头听见他的父亲欣喜地叫了一声。

猫头的父亲说,猫头你听,我好像听到了鸡叫的声音呢。

洞里一下就静了下来。猫头和他父亲都屏气凝神,果然,有鸡的叫声若隐若现地传来。

猫头的父亲简直是欣喜若狂了,他说,呀,我们快要捉住活宝了。

猫头说,我们要捉住活宝了。

两个人完全忘了困倦和劳累,他们拿起铁锹又开始挖了起来。时而,他们会停下手中的挖掘,侧起耳朵来听一听。鸡叫的声音似乎越来越清晰了。

接着,更令人兴奋的事发生了,他们看见,就在他们面前不远的地方,一个金光闪闪的东西在地上一跳一跳的。他们不约而同地扑了过去,可是,等他们到了那里,那东西有意要捉弄他们似的,一闪眼就不见了。

后来,猫头就看见那东西跳到了他爹的背上,猫头伸手去抓,却什么也没抓住。猫头再伸手去抓,就抓住了一个圆圆的光柱。

这时,又一声鸡叫的声音传了过来。这一次,那鸡的叫声是那样的真切,仿佛就在身边的某个地方。猫头的父亲一铁锹挖下去,眼前就一下豁亮了起来。他们顺着那亮光爬过去,就看见一只金黄的母鸡,正带着一群可爱的小鸡在一片草地上觅食呢。

同时,他们还听见了狗的叫声和人的争吵声。他们拍了拍身上的泥土站起身时,才发现,原来这是他们家的后院。

从后院里出来时,猫头和他爹才发现,时令已到了夏天,地里的麦子已黄了。奇怪的是,那一片金黄的地里,竟然没有人去割麦子,许多人都拎了口袋和竹筐在抢他们门前他们挖出来的土。

那些人将那抢来的土背到河边,用木盆从里面淘金呢。

猫头娘却是一头的汗水,还在一箩筐一箩筐地将土往外运。

牙　　齿

六岁的那年春天,有天早晨起床,发现我的一颗牙齿掉了。奶奶老的时候,那牙隔三岔五就会掉一颗,直到后来,满嘴里找不出一颗牙了。我捧着我的那颗牙齿,哭了起来。我说,我也要老了。

我的话把大人们都惹笑了。他们说,我那是换牙呢。小孩在长大的过程,都是会换牙的。他们让我张开嘴,一边看一边说,要是上边的牙掉了,就悄悄地把牙放到门墩上。若是下边的牙掉了,就要扔到房顶上。过一阵,新牙就会长出来的。

我掉的是下边的牙。

我拼命地把牙往房顶上扔去。可那颗牙齿仿佛不愿离我而去,竟然顺着那瓦槽又骨碌碌地滚落下来。如此反复几次,最后,我不得不搬来只凳子。我站在凳子上使足了劲,把牙总算扔上了房顶。我竖着耳朵听,再没有那骨碌碌的声音了。我想,我的牙终于落脚在房顶上,开始生根发芽了。我站在初升的太阳下,心里阳光灿烂。

那天中午,就在我渐渐地忘记了掉牙那件事时,突然听见村子里传来吵架声。那时的我,最喜欢的是吵架了,我赶忙跑过去看热闹。

那时,小寡妇的门前已有好多人,他们站在那里,都是一脸的幸灾乐祸的样子。

小寡妇和村里的杨二嫂像两只母鸡一样厮打在一块。

小寡妇在村里开了一家豆腐房。村子里的人,要吃豆腐了,都会去她家买。有时,手上没钱时,也可以用豆子去换。村里的人都说小寡妇的豆腐好吃。

那时,小寡妇的豆腐篮已被杨二嫂踢翻在地,篮子里的豆腐滚落一地。豆腐上全是灰。有闲人将地上的豆腐拾起来,可那豆腐上的灰拍也好、吹也好就是不掉。

我不明白,小寡妇和杨二嫂平时关系是那样的好,怎么会打起来呢?

旁边的人就说,真是出了奇事,小寡妇的豆腐里怎么就会长出牙来呢?

原来,杨二嫂的八十多岁的婆婆,就喜欢吃小寡家的热豆腐。今天上午,杨二嫂去小寡家称了一块豆腐,拿回家给婆婆吃时,吃着吃着,竟然吃出了一颗牙来。老太太说,这豆腐怎么这么厉害呀,竟然能把我的牙给磕掉了。

老太太八十多岁了,满嘴只有一颗牙了,这可急坏了儿孙们,扒开老太太嘴一看,真是奇了,老太太的那颗牙,竟好端端地在那里呢。再看老太太的手里,果然是握着一颗牙的。

后来,确定是小寡妇的豆腐出了问题。杨二嫂去找小寡妇说理时,两人就先吵了起来。

这之后好长时间,杨二嫂和小寡妇不再说话。而小寡妇的豆腐也很少有人去买了。

半年后,我嘴里长出了一颗新牙。我慢慢地也就忘了我扔到房顶上的那颗牙。

水　鬼

有天晚上,我独自走在回家的路上,看见前面的路边上坐着一个人。觉得奇怪,就上前去问他是谁,这么晚了怎么一个人坐在这儿?

他回答我说,他是水鬼。

我以前并没有见过水鬼是个什么样子。见面前这个人长得眉清目秀的,就并不怎么害怕。

我在他的身边坐了下来。

我对他说,你是水鬼不待在水里,跑到这里干什么?

他对我说,你们家现在是不是正在盖房子?你的父亲是不是正为没钱买橡木檩料和门窗而发愁?

我问,你怎么知道这些的?

他说,我还知道,你父亲去问人家借钱准备买木材,人家不愿错给他。甚至他去向有树木的人去借树,都没人借。

我说,是的呀,谁叫我们家穷呢。如果冬天下雪以前,我们再弄不来橡木檩料和门窗,那我们家的这个冬天就没办法过了。

水鬼说,我有办法让你们把房子盖起来。

我说,你不就是个水鬼么,能有什么能耐?

水鬼说,你告诉你的父亲,让他后天晚上到河边靠山边的回水弯等着,自然有人会把你家缺的东西送到那里的。

我说,你是水鬼,说的是鬼话,我们怎么相信你?

你现在不信鬼话,还有别的办法吗?

说完这话,那水鬼站起身来走了。

第二天,我把水鬼给我说的话忘了。直到第三天傍晚,我才突然想起这事。我把水鬼给我说的话给父亲说了,父亲说,那是鬼话哩。

话是这么说,天黑以后,父亲还是去了河边。

那天,正是农历七月十五,天上的月又圆又亮。

父亲站在河边,我站在父亲的旁边。我们很失望。清凌凌的河里除了一轮圆月,啥都没有。

父亲坐在沙滩上抽了一袋烟后,我们准备转身回家。

这时,河的上游突然传来了一阵哗哗啦啦的声响,像是有人在嘿嘿地笑。我们转过头,发现河里涨水了,那水头有一尺多高,汹涌地朝下游涌来。不一会儿工夫,河滩就被浑浊的大水漫得严严实实。

父亲好像一下子明白了,他说,河的上游一定是下大雨了,他让我赶紧回家去把那根上面带铁弯钩的长竹竿捎来。

我把长竹竿拿来时,河里的水更大了。

这时,河面上有许多东西随湍急的水流奔涌而下:有大树小树,有鸡鸭猪狗,果然还有门和窗子。

说也奇怪,那些东西在咆哮的河水里顺流直下,快到我们跟前时,仿佛是长了眼睛,顺水流一漩就漩到了我们的面前。父亲用长竹竿上的弯钩只那么一叼,就把它们拖到了岸边。

那天晚上,父亲从水里捞了十几棵大树,还有几十棵小树,它们后来就成了我们盖房用的椽子和檩子。河里捞起来的门和窗看起来是旧了点,父亲在上面刷了一层漆,看起来也和新的没有两样。

那天晚上的水,来得猛,去得也快。天亮等村子里的人都起床时,水已消去了大半。村里的人看着我父亲从河里捞起的那堆东西,再看看湛蓝的天,个个都直咂嘴。

我们在大家惊奇的目光中把房子盖了起来。

那之后,我再也没见过那个水鬼。

我也一直弄不明白,那水鬼为什么要帮我们。

遥 控 器

九阳念了四年书,才念到小学二年级。

他不喜欢念书。他觉得念书没意思。

早晨鸡一叫,爹就喊他起床去上学,他极不情愿的样子,一边眯着眼穿衣服,一边在嘴里唠叨:一家子人,指望着我一个人起早贪黑地念书,顶个屁用!

九阳人去了学校,心却没在学习上。

九阳的爹是个棉花匠,九阳一心想跟着爹一块走村串户地去弹棉花,吃香的喝辣的不说,偶尔还能到山的外面去转转。

九阳想,山外边的世界肯定好得很:太阳是从那边升起来的,又落到那边去了。月亮也是从那边升起来的,又落到那边去了。

九阳的娘就对九阳说,九阳呀,你得好好念书呢,等你书念成器了,娘还指望你带着娘去山那边看看呢。

九阳娘的腿脚有毛病,走路时好像跟地有仇似的,一只脚总是一跺跺地。她走过最远的路是乡政府,那还是和九阳爹结婚时领结婚证去的。

九阳听了娘的话,这才好好地念书。到他上学的第六年时,总算又升了一级,念到了小学三年级。

那时,九阳已经十四岁了。九阳走在他的同学中间,就像是黄豆芽中间突然冒出的一根绿豆芽,又细又高。

有一次,上课时老师问他,九阳,一斤铁和一斤棉花哪个重?九阳说,当然是一斤铁重。在同学们的哄笑声中,老师的教鞭就重重地敲在了九阳的头上。

九阳心里清楚,他是故意这样答的。他就要这样答。因为老师说到了棉花,老师一说到棉花,他就想起了他的那个弹棉花的爹。

九阳的爹出外去弹棉花已经有两年多没有回过家了。人们都在传说,九阳的爹给一个女人弹网套时,弹着弹着就弹到那女人的床上去了。九阳的爹就像一只失去了嗅觉的狗,找不到回家的路了。

九阳恨死了他的爹,恨死了那个曾经每天早上都要叫他起床去上学的爹。

那时的九阳,除了三天打鱼两天晒网地去学校,他的主要任务就是想各种办法,去弄钱给娘买药喝。九阳娘的腿已经不能走路了,她只能躺在床上看着九阳早出晚归。她不知道九阳每天都在干什么,她也无法去管九阳了。

九阳把药买回来熬好端到床前让娘喝,娘嫌九阳这是在糟蹋钱,怎么也不喝。

九阳就说,娘,快喝吧,你说过的,要我带你去山那边看看的,等你的腿好了,我就带你去山外呢。

娘就把药喝了,喝出了一脸的泪。

又过了半年,九阳娘的身体是越来越不行了,九阳拿勺子给她喂药,那药愣是进不了嘴,只是顺着嘴角往下流。九阳知道娘这是快不行了。九阳还记着娘说过的话,有一天要他带着她到山那边看看。可是现在的娘就像是一块嫩豆腐,没办法动。

九阳就找来了一个亲戚,他让亲戚帮他照看娘几天,他对亲戚说,他要出趟远门。

九阳就走了。

村子的人都以为九阳是去找他那个弹棉花的爹去了,不管怎么说两人夫妻了多年,是应该回来送送的。

三天后,九阳回来了。

九阳是一个人回来的,他的肩上扛着一个大纸箱。

纸箱打开时,有人就"哇"地叫了一声:是电视机。

村子里虽然没有那玩意,但还是有人在别处见识过的。

九阳说,娘一直都想到山那边去看看,可我没能耐,这玩意我去山那边见识过,里面啥都有,我弄回来就让我娘躺在床上看看山那边的世界吧。

那个下午,村子里许多人都来了九阳的家,他们也想通过电视看看外面的世界。九阳娘的病也似乎好了许多,她那病恹恹的脸上还有了一抹一抹的笑容。

整整折腾了一个下午,那台电视机始终都是一副冷冰冰面孔。直到天快黑了时,有人突然才想起来说,电视是有个叫遥控器的东西的,那玩意儿手里一拿一摁,里面的东西全都出来了。

九阳拍拍脑袋说,我怎么就把这忘了?

第二天,九阳又出了一趟远门。

九阳再回来时,他的身后多了两个人,是两个戴大盖帽的警察。

九阳怎么也没有想到,他会栽在这样一个小小的遥控器上,这一次,当他凭记忆找到他拿电视机的那户人家,寻摸到那个遥控器时,被逮了个正着。

九阳娘在九阳回来的头天晚上已走了。村里人都来帮九阳料理他娘的后事。九阳却在那两个警察的指导下,摆弄着那台电视机,他找来几根铝丝做了一根天线,把它架在了房前的树上,电视里终于有了画面。

九阳坐在娘的身边,拉着娘那僵硬的手,一遍一遍地按着那个遥控器。

收 音 机

胡孩儿自个儿办了一个修理铺,主要是修理手表、收音机以及自行车之类的东西。

他在修理铺门楣上横了一块牌子:胡孩儿电器修理部。他还在门前放了一只打气筒,也写了一块牌子:

给轮胎打气 5 分。

其实,胡孩儿的生意并不怎么好。那时,他大多的时候,都是在修理铺的门前和鞋匠郝二驴下棋,他们用石子和木棍下一种叫作狼吃娃的棋。

我们不知道胡孩儿是靠什么来挣钱养家糊口的。我们甚至担心有那么一天,胡孩儿的修理铺就会开不下去,就会倒闭,他就会没有饭吃。

可胡孩儿却并不为此而着急,他嘴里叼着一根烟,眯着一只眼用他手中的那支烙铁不停地鼓捣着面前的一堆破零件,他对我们说,他要制造一部收音机。

可是,一个月过去了,两个月过去了,半年都过去了,他还在那里低着头不停地鼓捣着他面前的那些破零件,他把它们拆了装,装了又拆。有几次,他是几乎要把那玩意鼓捣成功了,他把那堆破零件组装到了一块,然后将一根红线、一根绿线接在了一只小喇叭上。

在这重大的历史时刻,他把我们都叫到他的修理铺里。他要我们做他的见证人,分享他的喜悦。

告诉你们吧,胡孩儿等我们在他那间不大的修理铺里挤挤挨挨地站好后,很庄严地挥着手对我们说道,今天,我们镇子自己动手制造的第一部收音机就要诞生了。

那一刻,我们都很兴奋,我们好奇地盯着他手下的那个小机关,我们真的有些不敢相信,就这样一堆破玩意,还能弄出声音来。

胡孩儿很是庄严地看了看我们,然后,他按动了手里的那个小开关。我们听到那只小喇叭里竟然发出了呲呲啦啦的声响。胡孩儿转动着手里的一个按钮,他想在不停地转动中能突然转出一个人的说话声或是一句两句的唱歌声,可转来转去除了还是那炒豆子的声音外,奇迹却并没有出现,倒是他的脸上有豆子大的汗珠一粒一粒地流了下来。

我们说,你这哪是什么收音机呀,是炒豆子机,你听,里面在炒豆子呢。

胡孩儿却并不恼,他将他的那只硕大的耳朵贴在那只小喇叭上听了又听,末了,他的脸上突然飘起了一片笑。喊了一句,他妈的!原来是有敌台在干扰。

我们听说敌台,立马紧张了起来,问他那该怎么办?

胡孩儿大手一挥,说,不过也就是一个团的兵力,干掉它!你们等着瞧吧,我一定要排除一切干扰,把收音机制造成功。

这之后,胡孩儿果然很努力,他又把已经装好了的收音机拆了,他还用铅笔在一张纸上画了一幅线路图,我们从街上走过的时候,看见他总是不停地在修改着那张线路图。我们问他,你把那一个匠的敌人干掉了吗?胡孩儿的样子很专注,他头也不抬一抬,答道,等着我的好消息吧!

有一天晚饭后,我从胡孩儿的修理铺前经过时,胡孩儿突然把我叫住了。他从他的衣袋里掏出两元钱交给了我,他让我去镇上的供销社帮他买几挂响鞭回来。我问他,这不过年不过节的,买响鞭干什么?胡孩儿说,问那么多干吗!你把响鞭买回来不就知道了。

我抱着几挂响鞭从我们镇上的供销社往胡孩儿的修理部走的时候,我的身后很快就跟了许多人,他们几乎都像我一样惊奇。他们问我,不过节不过年的,你买这么多的响鞭干吗?

我说,问那么多干吗?一会儿你不就知道了。

就这样,我在前面走着,他们跟在我的屁股后面,我们一群人浩浩荡荡地从街道上向胡孩儿的电器修理部走去。

我们到胡孩儿的电器修理部门前时,小镇的天已经黑了下来。胡孩儿看着我身后的那一群人时,并没有显出一点吃惊的样子。他把那几挂响鞭顺手往桌子上一丢,像先前那次一样,就启动了手中的开关。

还是呼啦啦的声音,就像一团烟雾一样在胡孩儿的手指间缠绕着,纠缠着。就这样过了好长时间,就在我们将要放弃希望的

时候,我们突然听到胡孩儿面前的那只喇叭里传来了两个人说话的声音。

我们当时都吃了一惊。

谁能想到呢,胡孩儿的收音机里面的说话声,竟然是他那老婆和一个男人打电话约会的声音。

这让我们大感意外。他们说的话怎么跑到了胡孩儿的收音机里去了?

胡孩儿显然也没有想到这一点,他的脸上刚刚爬上去的几缕兴奋,就那样僵在了那里。

那天晚上,去胡孩儿的修理部看热闹的人很多,因此,胡孩儿把收音机制造出来了,胡孩儿戴上了绿帽子这两件事,几乎是同时在我们的小镇上传开了。

第二天,我们去胡孩儿的电器修理部时,胡孩儿的电器修理部的门还没有开。我们听说,胡孩儿已经知道了那个和他老婆通电话的男人是谁了。那个男人在半个月之前买了一部子母电话机,那天线还是请胡孩儿去帮着树起来的。

我们都想知道胡孩儿会去怎样地处理这件事。我们甚至担心胡孩儿会不会因此去和那个勾引他老婆的男人动刀子,可胡孩儿几乎到了中午都没有出现。

下午的时候,胡孩儿终于出现在了我们小镇的街道上,他走过了小镇的供销社,走过了鞋匠的修鞋摊,走过了他的那个电器修理部,一直走到了那个男人的院子里。

那一刻,我们的心都提到嗓子眼了。

胡孩儿在那个男人的院子里转了一圈,他好像还喊了几声那个男人的名字。可那个男人却没有在家。

这时,我们看见胡孩儿像一只猴子一样,几下就蹿上了那个男人架电话天线的那棵树,我们以为胡孩儿是要将那只天线拆了,没想到他爬上去后,却很是认真地将那天线重新收拾了一下,用绳子将那天线绑了又绑。

胡孩儿从树上下来时,天已黑了。他拍了拍手上的灰尘,又走向小镇的街道。

大约是过去了一天,胡孩儿就从我们小镇上消失了,他就像丛林里的一条蛇一样,一摆尾巴,就没了踪影。

胡孩儿从我们的小镇上消失了,这让我们很不适应,每次我们从他的修理铺前经过时,总会停下来回过头去看看他的修理铺。

他的修理铺的门却是关着的,那块写着胡孩儿电器修理部的牌子依然横在门楣上,不过,那上面早落满了灰尘。而那块写着给轮胎打气5分的牌子,早不知了去向。

怀　　表

寡妇的儿子大宝不知从什么地方弄来了一块怀表,他的衣服左侧的上面有一只口袋,平时,他总是将表绳挂在他又黑又细的脖子上,然后把表装在那个衣袋里。

要是夜里很静的时候,我们老远就能听见那表在他的身上咔嚓咔嚓的声音。

寡妇的儿子大宝要是从街道上走过的时候,我们就会问他,喂,现在几点了?

寡妇的儿子大宝就会很夸张地从他的上衣袋里掏出表,很仔细地看,然后他抬高声音说,五点半了。

我们接着又问,说清楚呀,五点半是多少。他就会毫不思索地说,连这都弄不明白!五点半就是五点五十。

这时候,我们就会哄的一声笑,跑开了。

寡妇的儿子大宝在我们镇子上因此得了个外号,叫五点半。

春天或是秋天,寡妇的儿子大宝就会带着他的那块表和他的那把猎枪去山上打猎。他把枪装上火药和铁籽,然后找个地方守在那儿,让我们到林子里去吆喝,野兔或是野鸡什么的,受了惊吓,就会从他们藏身的地方逃出来。这时寡妇的儿子大宝就会扣动枪栓,"砰"的一声,我们就看见枪吐出一束火舌,再看寡妇的儿子大宝早被一团黑烟罩住了。

常常的时候,猎物除了受到一点惊吓外,都会很幸运地从他的猎枪下逃生。

我们便很沮丧。他坐在草丛中,看着前面被猎枪击得一片狼烟的树木发呆。

这时我们突然发现寡妇的儿子大宝的怀表没有咔嚓咔嚓的声音了。

我们抬头去看,那表链还挂在他的细脖子上,表也还在他的衣袋里装着,大概是表受了猎枪的震动,不走了。寡妇的儿子大宝就从衣袋里掏出表来,握在手上使劲地摇,摇着摇着,那表又咔嚓咔嚓地响了起来。

这虽然是一块时走时停的表,可还是让我们羡慕得不行。

有一次，镇子里赵文主的儿子要去相亲，就找到寡妇的儿子大宝，想将他的表借去装装门面，扎扎势，寡妇的儿子大宝就很高兴地将表借给了他。

我们上山去打猎时，寡妇的儿子大宝的身上就没有咔嚓咔嚓的响声了。他有些不习惯，过一会儿，他就将手伸进上衣袋里去摸一下。什么也没有摸到，他就骂一句：他妈的！

那一天，我们在山上几乎转了一天，连只老鼠都没有见到。眼看天黑了，我们只好回家。

在回家的路上，我们突然看见了一条蛇横在那里不走，寡妇的儿子大宝说，没打到猎物，弄条蛇吃吃也是不错的，谁叫它不走呢，这就叫作送死！

说着，寡妇的儿子大宝就用枪托摁住了那条蛇的头。我们搬来石头，准备瞅机会击打蛇时，那条狡猾的蛇将尾巴一甩一甩的。我们说，这蛇一定是条母蛇，你看它还用美人计呢，那尾巴比女人的辫子还甩得欢。

意想不到的事就是这个时候发生的。

我们大家还在为刚才的那句话发笑时，突然就听见砰的一声响，寡妇的儿子大宝就像一节树桩一样倒在了地上。

原来那条蛇竟然用它的尾巴扣动了枪栓，枪籽是从寡妇的儿子大宝装表的衣袋那穿过去的，寡妇的儿子大宝就这样用他自个儿的枪打死了自个儿。

寡妇的儿子大宝被蛇用枪打死了，一时在我们的庄子里传开了，后来越传越神，说，寡妇的儿子大宝在小的时候因为一条蛇常去他家的鸡窝里偷鸡蛋吃，有一天，被他发现了，他就将那条蛇的头埋进地旦，再用绳子扎住了蛇的尾巴，给那蛇的身上撒尿，那蛇

后来被憋死了。不想十几年后,那条蛇的家人找到了它们的仇人寡妇的儿子大宝,并且幻化成人的模样(而且是个美女),在寡妇的儿子大宝上山打猎时,用枪打死了他。

赵文主的儿子在这个事件中却受到了人们最大的谴责。那天枪籽正好是从寡妇的儿子大宝左上边那个衣袋穿过去的,人们说,如果那天赵文主的儿子不借走那块表的话,也许寡妇的儿子大宝就不会被枪打死。

狼 吃 娃

我从六岁开始,就喜欢坐在我家门前的那棵核桃树上玩。我像一只鸟那样热恋着核桃树的每一个枝头。

我坐在核桃树上看庄子里的小伙伴们,在那棵核桃树下玩一种叫狼吃娃的游戏。这是一种很好玩的游戏。在我们那个庄子,不仅小孩爱玩这个迷人的小把戏,连同大人们也喜欢玩。

我也是非常喜欢玩这种游戏的。但大多的时候,他们却不愿和我玩。他们都瞧不起我,说我太笨。其实我并不笨,我不过就是小的时候得过一场病,不会说话罢了。当然还有一个最重要的原因:他们说我的母亲不守妇道,偷人养汉。他们一见到我的时候就唱:

兰花生得细精精/细腰细手细浑身/四两灯草拿不动/身驮狗娃还嫌轻。

兰花就是我母亲。狗娃便是他们说的,我母亲养的那个野汉子了。其实,狗娃是小名,他的大名叫倪承录。

因此,他们在玩狼吃娃的游戏的时候,甚至连看都不让我看。我待在谁跟前,谁就说我晦气背了他的手气。我只好一个人爬到他们头顶的那棵树上玩。

其实,树上一点意思也没有。我之所以要爬到树上去,是因为我的肚子里那时足足憋了一泡尿,我把这泡尿对着他们从树上浇了下去。我看见那在阳光下晶莹得像一粒粒珍珠似的尿点儿从空中落下去,砸在了他们的头上身上。

下雨了?

他们停止了狼吃娃的游戏,一边喊一边抬起头往天上看。

他们就看见了我。他们看见我站在树杈上得意地笑。

我在他们朝我看的时候,还故意将我那昂首挺胸的小鸡鸡抖了抖。我觉得我就跟我那小鸡鸡一样,一副雄赳赳气昂昂的架势。

他们拾起地上的土块往树上扔,企图打到我。可他们的力量太小,小小的树叶就足以把那些土块挡回去。我甚至看见有一个土块被树枝挡回云时,正好落在了他们其中一个人的头上,砸得他鬼哭狼嚎地直叫唤。

我不怕他们。只要我在树上,他们是拿我没有任何办法的。他们从小就开始玩狼吃娃的游戏,他们除了狼吃娃就再不会干别的什么事了。他们根本就不会上树。我任凭他们在树下指手画脚地大喊大叫,理也懒得理他们。我躺在树杈上,将目光游弋开去。

那个时候,庄子里的房顶上已升起了袅袅的炊烟,平静了一

简单爱

天的村庄突然间热闹了起来。牧人归村,牛羊进栏。有的人家已经在门前支起了饭桌准备开始吃饭。不知是谁家的小孩在这时突然哭了起来,小孩的母亲一边哄着小孩,一边唤狗……

也就是在这时候,我看见了狗娃。我看见狗娃像一只敏捷的猴子似的,蹿上了我家后院的那棵柿子树。他向四周瞅了瞅,我被密密的树叶遮挡着,他当然是发现不了我的。我突然觉得很好玩,就跟捉迷藏一样,我既怕他发现了我,又怕他发现不了我。后来,我才发现狗娃那时候根本不是在和我捉迷藏。他跳进了我家的后院。

我不知道我的母亲是什么时候回到屋里的。她像一尾欢乐的鱼从屋里游了出来扑进了狗娃的怀里。

这个七月的午后,我们村子里的许多人都忙着在玩一种叫狼吃娃的游戏,而我却在我家门前的核桃树上看见狗娃剥光了我母亲的衣服,他把我的母亲放在我家的那个宽大的床上,而他却像一个骑手似的骑在了我母亲的身上,策马扬鞭。

我听见我母亲欲死欲活地叫着。

我的那帮小伙伴们这时在另一棵树下,又对骂了起来。这一次他们不是骂我。狼吃娃的游戏方才使他们团结在一起,现在却又是狼吃娃的游戏,惹起了他们之间的矛盾。

他们彼此这样骂着。他们甚至要打起来。

这时,我突然看见了我的父亲。是的,绝对是我的父亲谭六指。尽管他回家很少,但我想我是不会认错的。我看见他时,他已经快走到我家的场院了。

我想我的母亲和狗娃肯定是不知道我的父亲谭六指会回来,而且当他已经走到我家的院子时,他们像油锅里的两根油条一样在床上翻滚着。

我的父亲谭六指有好长时间没有回家了。我们谁也没有想到他会在这个七月的傍晚突然出现在村口的路上。我的父亲谭六指以前也总是这样,他就像一只狡猾的兔子,来无影去无踪。那神出鬼没的样子,让人觉得他的身后仿佛有一只凶恶的狼在追赶着他似的。

我父亲谭六指的脚步离我们家越来越近了。那个时候,我突然预感到一场灾难也正在一步一步地向我的母亲逼近。我赶紧从树上跳了下来,我想无论如何我得赶在我的父亲谭六指之前将这个即将落到我母亲头上的灾难挡回去。就像我们玩的狼吃娃的游戏一样,当狼要到来之前,我们就得想方设法做好防范的准备。这个时候,我就是长着四只腿,也跑不到我的父亲谭六指的前面了。我从我的衣袋里掏出一只土块,一扬手,那土块就像一只欢乐的麻雀,直接飞往我家的窗户。

砰的一声后,一切都恢复了平静。

反 刍

二胡不到六十岁时,就显得很苍老了。

他嘴里的门牙像是被牛践踏过的栅栏,豁去了不少。

阳光很好的日子,他躺在他家门前的那棵树下睡觉。他睡着了,那张没了门牙的嘴却依然醒着,仿佛含着一块嚼不烂的菜叶,总是在不停地嚼动着。咕叽，咕叽的。

二胡年轻时，给庄里的一个富户放牛，白天和牛在山上转，晚上和牛在栏里睡，这毛病就得下了。庄里人把这毛病叫牛回嚼，后来我知道了一个更文雅的叫法：反刍。

二胡现在住的房子就是那个富户留下来的。旧是旧了些，飞檐斗拱、雕梁画栋的富贵模样却还是依稀可见。

富户人家总有富户人家的一些传闻。二胡在搬进富户的房子之前，庄子里就疯传着一条消息，说富户曾在他的房子的某个地方埋着一罐宝物，只是富户连自个儿也找不到埋宝的地方了。富户的人后来走了霉运，搬离了庄子。庄里的人就拿着家什在那房前屋后地刨了一遍又一遍，宝是没找到，那房子却是弄得千疮百孔了。

后来，这房子就归了给富户放牛的二胡。

房子归了二胡，别人自然不能再去刨了。二胡却着了魔，打那时起，只要一有空闲，就会看见他拿着锄头，像只鸡一样，在他的房前屋后刨着。

他一直企图找到那些宝物。

二胡在他的房前屋后刨了一年又一年。他竟然还真的从地底下刨出了几枚乾隆时期的铜钱，还有几枚分不清年代的大板以及一些破铜烂铁。这让他很是高兴了一些时候。他把那些玩意装进一只布袋里掖在腰上，走路时，那种金属相撞时发出的声音就格外好听。

起初，庄子里的人还有一些耐心，他们也期望某一天，二胡突然间就能挖出那宝物来。现在，宝物的价值几何，对于大家来说，已不是多么重要了，大家只是希望这个传说、这件事有一个了结。

就像一块块石头扔上了天,得知道它是落在了哪里。

可是,又过了几年,庄子里和二胡年纪差不多的都相继死去时,二胡也没有挖出什么名堂来。二胡虽然已挥不动锄头了,可他却还是没有停下来的意思。他拖着锄头房前屋后地转着。他明显地觉得他的时日不多了。

一天夜里,三胡的儿子正在另外一个庄子给人打嫁妆,晚上做了一个梦。梦里,他看见二胡打着一只灯笼去了他的家。

早上起来,三胡的儿子觉得这梦有些奇怪,二胡虽然是他的亲伯伯,可有好些年不去他们家了。正纳闷间,有人送信过来,让他快回家去,说他的老婆昨天夜里给他生了个儿子。

三胡的儿子回到庄子,还没看见他那刚出生的儿子,却又得到另外一个消息:他的伯父二胡也在昨天晚上死去了。

看了新生的儿子,安葬了死去的二胡,三胡的儿子越来越觉得那天晚上的那个梦有些奇怪。他甚至觉得那也许根本就不是梦。

三胡的儿子给他的儿取了个名字叫梦生。

梦生慢慢长大了些,三胡的儿子发现梦生无论在模样还是在行为上,都和他那死去的伯父二胡有了许多相像之处。梦生睡觉时,那张小嘴也总是不停地咀嚼着,仿佛那小嘴里含了一块橡皮,嚼也嚼不烂。

二胡坟上的草长到一尺高的时候,梦生就会开始走路了。

有一天,三胡的儿子在地里干活,一抬头,突然看见伯父二胡的老房子前有个人正拿着一只锄头在那里寻找着什么。自从二胡死去后,那房子一直就上着锁,也几乎没有人去过那里。那个人又是谁呢?

三胡的儿子看着看着,不由一惊:那模样远远看去像极了他的伯父二胡。三胡的儿子就放下手里的活跑过去,等他走近时,才发现是梦生。

梦生那时正拿着锄头在那里刨呢。

三胡的儿子就问他的儿子梦生在那里刨什么?

梦生说,寻宝。

三胡的儿子看见梦生,一边刨着,嘴一边在咀嚼着。那模样真的像极了二胡。

从这天起,三胡的儿子已经没有任何办法去阻止他儿子梦生的这种行为了。他只能听之任之了。

秋天来临了,下过一场雨。二胡的老房子经过雨水的浸泡,终于没能支撑住,有一天,突然间就轰的一声倒塌了。

房子倒塌的一瞬间,三胡的儿子猛然间就想起他的儿子梦生来。他跑过去一看,二胡的房子已成了一片废墟。他在那片废墟里找到了梦生常拿着的那把锄头,只是没见梦生的影子。

三胡的儿子就站在那里喊:梦生!梦生!

最 后 一 课

党老师长着一脸茂密而又漂亮的胡子,这让我们很是羡慕。我们在背过他的时候,就偷偷地用墨汁照着他的样子给自己的脸上也描上胡子,学他上课时的样子。这样的结果可想而知,好多天过去,我们的脖子上都残存着没能清洗掉的墨迹。

上课的时候,他将一盒五颜六色的粉笔摆在讲桌上,就开始在黑板上给我们画画,他在黑板上画了一只我们吃饭的老碗,然后用一种期待的眼神看着我们说,同学们,你看我画的是什么?

我们齐声说,帽子。

党老师的脸上就露出一副意外却又无可奈何的表情,他将那既像老碗又像帽子的画擦了去,又在上面画了一条黄瓜,这一次,同学们却异口同声地说他画的是一只洗衣服用的棒槌。党老师非常失望,那长满胡子的脸上立时就有汗珠流了下来。

党老师的画的确画得不怎么样,但这对他的威信并没有什么影响,我们依然是那样喜欢上他的课。因为他的语文和数学课上得是那么好。

党老师上数学课画圆时,从来不用圆规,他甚至是将背对着黑板,伸手那么一划拉,一个圆就出现在黑板上了,和圆规画出来几乎没什么两样。还有一点更是让我们惊奇,语文课上,凡是我们不会写的字,只要问他,他几乎连想都不想就说,打开《新华字典》多少面,我们将字典翻到那面,那个字果然就在那里。

新学期开学不久,有一次,党老师正在上课时,突然就晕倒在讲台了,这让我们很害怕,等把他送到医院时,他已是昏迷不醒了。老师们说,党老师得了绝症,他就这样躺在了医院里。

给我们派来的新老师姓马,这是个很令人讨厌的家伙。他把他的头发从头顶分开,一半梳向左边,一半梳向右边,远远看去,就像是一本摊在头顶上打开了的书。

这让我们一见到他,就对书本产生了一种莫名其妙的厌恶和恐惧。

他真是一个自傲且性情粗暴的老师,我们和他之间好像隔着一层玻璃,彼此看得见,却永远也无法走近。他除了上课,几乎把所有的精力都放在了怎样对付我们的上面。他总想在我们最混乱的时候出其不意地跑进我们的教室里来,拿住我们的一些把柄。我们知道,他常常趴在教室的后门偷听教室里的动静。有一天,一个同学装作要出去的样子,从里面猛地将门拉开,马老师就像一头牛一样,"轰"的一声滚进了教室,我们故意装出一副吃惊和害怕的样子,才将他从地上扶起来。

我们越来越想念我们的党老师。我盼望着党老师的病能快快地好起来,这样他就会回来给我们上课了,我们就可以摆脱那个令人讨厌的马老师了。

可党老师的病却像我们的思念一样,在一天天加重。学校里已开始传言,说党师母已在家里为党老师准备后事了。

这天中午,我们正在上自习,有同学叫了一声,说党老师回来了,我们抬起头,果然就看到了盼望已久的党老师,他抱着课本走进了我们的教室。他脸上的胡子依旧是那样的漂亮。

像往常一样,他开始给我们上课,他好像从来就没有病过一样,精神是那样的好。当有同学在上课时开了小差,他还是像过去那样,走过来,摸摸那个同学的头,或是拍拍肩,说一句,下次可不能再这样了!

下课的铃声响了,党老师也讲完了他的课,他在我们敬仰的目光中走出了教室。

可是,当我们第二天一早兴奋地到校时,发现学校的气氛有些异样,我们看见党老师的门上摆了许多的花圈。学校的老师都在那里忙进忙出。我们不明白发生了什么事,当我们走近时,才发现那些花圈都是送给党老师的。

党老师死了。

我们说什么也不会相信党老师会死。我们说,就在昨天下午,党老师还给我们上了课的,党老师怎么能死呢?

老师们听了这话,都显出很吃惊的样子来,他们说,怎么可能呢?那个时候,党老师正是生命垂危之时,他怎能回到学校给你们上课?

虽然许多人都不相信,但我们可以肯定地说,那一天下午,党老师是给我们讲了一课的。

羊

鬼知道是怎么一回事,有一天,我独自一人在我们小镇后面的一座山旦放羊时,把我们家的那头小母羊给弄丢了。我在山里转悠了大半天,也没能将它找到。

小母羊对于我们家来说,是很重要的。我们家的柴米油盐以及我上学的学费,都是装在它的那个肚子里。父亲几乎就没有让它的肚子消闲过。只要它瘦下来,父亲就忙前忙后地张罗着给它找公羊,让它过性生活。我们全家也都喜欢小母羊肚子鼓起来的样子。

现在小母羊丢了。我知道,我丢的不仅仅是一只羊,我丢的是全家人的钱袋子。

我坐在一只石头上哭呀哭,我想哭出个人来帮帮我,可山里除了石头,就是树。我的哭声却没有人能听得见,也没有人能看得见。

后来,我发现前面的山根儿有一个往外流着水的洞口。

我跑过去,就钻进了那只洞里,沿着那条小溪朝里走去。

我的羊丢了,我想把我藏起来。

洞里的溪流不大,它从我脚下流过时发出的声音却很好听。

我也说不清我走了有多长时间,眼前突然就开阔了起来,河也变得宽了,眼前也变亮了,水绿草肥,我看见那清澈见底的河水里游着一群一群的泉鱼。

再往前走,突然就听见了一阵羊的叫声,我心里一喜,我想,我的羊要找到了。

我沿着羊叫的方向走过去,看见的还真是一群又肥又壮的羊在那里吃草呢。尽管有许多只羊,但是,我还是一眼就看见了我们家的那头小母羊。因为我们家的那头小母羊的毛是一色的黑,在那群一色白的羊群里就显得格外扎眼。

看见了羊,我的心也就放了下来。我就坐在那条小溪边看着羊们在那里吃草,我不明白这个洞里怎么会有这么多又肥又壮的羊。我一直想数一数到底有多少只,可我到底还是没有数清。

后来,我费了很大的劲才把我家的那头小母羊从那群白羊中赶出来。天黑的时候,我总算把它赶回了家。

那天晚上,我把我在那个流水的洞里看见一群白羊的事,告诉了我的父亲。我对父亲说,那羊真是又肥又多呀,我数都数不清。可我的父亲听了我的话,说什么也不相信。他说,怎么可能呢?我在这山里生活了几十年,什么时候发现那山里还有一个洞了。你还说洞里还有羊？

第二天，父亲又去问镇子上别的人，他没有说羊的事，他只是问那些人山里是不是有一个洞。那些人听父亲这样问都奇怪地望着父亲，说，那山里是根本没有什么洞的。

不过，也就是从那天起，我们镇子里的好多人还是知道了关于山洞和羊的事，他们都去了那山里，他们都去找过我说的那个洞和那群羊，可是他们都没有找到。

这之后，我们镇子的人都把我称作爱撒谎的孩子。可我却不明白，他们嘴里都说我说的是谎话，可为什么都要去山里找那个山洞和那群羊呢？

袅袅升起的炊烟

炊烟升起的时候，我们喜欢坐在村子对面的河堤上数烟囱。

一个烟囱一缕炊烟，一缕炊烟就是一户人家。

烟囱也好像是和我们捉迷藏似的，夏天，我们数来数去，只有十八个。到了冬天，烟囱无端地就会多出两个，变成了二十个。那两个烟囱在夏天时，被茂密的树叶遮住了。到了冬天，树叶落了，烟囱才探头探脑地冒了出来。

大下巴的家就是在一片树林的后面。他家的烟囱被茂密的树林严严实实地遮了一个夏天。

大下巴家的烟囱有些特别。村子里家家户户的烟囱都是用砖垒起来的,方方正正。只有他家的烟囱是用瓦筒箍起来的,圆圆的,直直地戳在房顶上。

大人们和大下巴爹开玩笑说,你是本事大得想日天哩!

其实,大下巴家的烟囱是大下巴爹自个儿修的。不仅如此,村子里的烟囱都是出自他的手艺。

大下巴的爹是个泥水匠,他的泥水活远近有名。村子里盖房起灶了,得找他,结婚盘炕了也得找他。他的手里拎着一把瓦刀,这家进那家出的,很是红火。

大下巴有时也跟在他爹的屁股后面,他爹吃香的,他也跟着喝辣的。这让我们都很眼馋。

大下巴爹是个顶聪明的人。他手里的活做得干净利索不说,脑子也很灵光。他在给人起灶盘炕时,经常使些小把戏。比如说盘炕,他要是想整饬谁了,炕盘出来,使再大的火,就是烧不热,冰冷冰冷的,像我们学校校长的脸。或者是让你憋不住尿,一睡在炕上,就让你想尿。一个晚上让你起个七八回夜,那是轻的。特别是新婚的炕,两个新人睡在上面,还没怎么动,那炕却好似地动山摇的了,要塌的样子。弄得你想好好地折腾一下子,都不敢。叫新娘新郎满肚子都窝着火。

新娘新郎都有些害羞,不好意思找他。婆婆就会出面,喜烟喜糖的直献殷勤,说,我那媳妇好着呢,又勤快,又孝顺,别整娃了。

大下巴爹就会笑着进屋,一阵鼓捣,再睡到炕上,你就是翻跟头也是稳稳当当的了。

七爹的烟囱也是被树林遮了整整一个夏天。不过他家门前的树并不怎么茂密,一进入秋天,烟囱就能隐隐约约地看见了,在树林后面闪闪烁烁的。

七爷在夏天时,给儿子结了婚。吹吹打打的很是热闹。到了秋天,儿媳妇就横眉怒目地吵吵着要和七爷分家。七爷的儿媳妇是外村人,胖得让人一看就气喘,她要是往哪儿一戳,就占地方。

七爷不想分家。七爷就这么一个儿子,老伴身体又不好,他指望着把儿媳妇娶回来能有口热乎饭吃呢。可儿媳妇一次次地闹。那就分吧。

秋天刚收回来的粮食分了,几个破家具分了,三间房子也分了。七爷觉得偌大个家,一下子就空去了一半。

分了家,就得另起炉灶。

这活儿,自然是大下巴爷去干。

起灶那天,是个非常晴朗的日子。大下巴爷看见七爷垂头丧气地坐在那儿抽烟,便对七爷的儿子说,分什么家呢?家有老,是个宝!

七爷的儿子太蔫巴,一句话还没囵囵出来,正在洗碗的儿媳妇,把手里的碗弄得乒乒乓乓的一片响。大下巴爷就再也不吱声了。他开始和泥,搬砖起灶。也就一天的工夫,灶就起好了。七爷的儿媳妇还噼里啪啦放了一挂鞭炮。

灶是起好了,七爷的儿媳妇做饭时却发现,那烟却不顺着烟囱往出走,全聚在了屋子里,熏得她眼都睁不开。一顿饭做得下来,双眼红得跟兔子似的。

七爷的儿媳妇去找大下巴爷,请他帮她收拾收拾。大下巴爷头都没抬,说,也只有一个办法可治。再做饭时把你公爹公婆的饭一并做了,也许就好了。

那天晚上,夜深人静时,大下巴爷拿了一根长竹竿悄悄爬上了那个新起的烟囱,他做烟囱时,在里面故意砌了几张皮纸,堵住了烟囱道。他用竹竿轻轻一捅,那纸就破了,烟囱道自然也就通了。

第二天,七爷的儿媳妇就和七爷把家合了,她去烧火做饭时,果然烟囱通了。那一直不通的烟囱飘起了袅袅炊烟。

骑摩的的女人

一年前的一场车祸,夺去她婆婆的生命,而丈夫也在这场车祸中变成了植物人。只有她和儿子一起活了下来。

原来富裕的家,也因此变得一贫如洗了。

突然的变故,让她手足无措。她曾想到过死。可儿子说,妈,有我呢。

这句话深深刺痛了她。

她的两根肋骨在这场车祸中失去了。同时失去的还有她那漂亮的脸蛋。

有半年时间,她几乎都不愿出门,她像一只蜗牛一样,要把自己藏在壳里。

亲戚打电话,她不接。朋友打电话,她不接。后来,她干脆把电话关机了。她不愿以这样的面孔去面对所有熟人。

儿子很懂事,从寄宿学校搬了回来,有空了就陪着她。她给丈夫擦洗身子,搬不动,正在做作业的儿子跑过来,说,妈,有我呢。

看着一天天长高的儿子,她才突然想起,再过几个月,儿子就要上高中了,她还没有给儿子备足学费。

可自己现在这个样子,哪个单位要她呢?

有一天,一个朋友给她发来短信,劝她要振作起来。他说他有一辆摩托,白天上班用,晚上下班就闲置了,他愿意将摩托借给她,让她去街上载人。

想了好几天,她答应了。

夜幕降临时,她安顿好丈夫,就骑着那辆摩托在街上转。可她面对客人怎么也开不了口。远远跟在她身后的朋友急得恨不得上去帮她把客人拽上车。

这样转悠了几日,她还是一个客人也没拉到。不过,她的心情却好了许多。

那一天,她骑车刚出门,在路口就遇到了一个男子。那男子很急的样子,她看见他跑到她跟前时,头上都有细细的汗珠子。那人说,大姐,你拉人吗?我有急事。

有客人主动上来答话,自然是好事。她兴奋地点点头说,拉。

男子说了一个地方,问她去那里多少钱。

那个地方她知道,可真不知道去一趟得多少钱。就说,你平时坐车去那里多少钱就给多少吧。

男子笑了,这怎么能行,咱先君子,后小人。你得说个价。她估摸着从这到那地方的距离,就说了一个价。那人却说太贵了,便宜点吧。

她说,那你能给多钱?男子可能看出了她是个新手,又是女的,就报了个很低的价。这个价几乎让她不挣钱,她看着眼前的男子,竟有些急了,就开始和那人讨价还价了起来。

最终,虽然不怎么挣钱,她还是把那个男子送了过去。这毕竟是她的第一笔生意。

有了这次和客人讨价还价的经验,她终于抹开了面子。拉客的生意也慢慢地好了起来。

生意好起来了,她觉得这一切都得益于那个朋友。是朋友在关键时拉了她一把,她才有了今天。

那一天,她给朋友打了个电话,说要请他吃饭,感谢他对她的帮助。

朋友很高兴地答应了。

见面时,朋友还带来了一个人,她一眼就认了出来,那人就是第一次坐她摩的那个男子。那天的讨价还价,让她对他的印象很深。当时,她真的有点讨厌这个有点小气的男子呢。

吃饭时,那人举起了酒杯,说,大姐,对不起,那天刁难你了。

朋友说,那天,我的这个朋友真的不是故意为难你。我们看你天天骑着摩托在街上转,却开不了口拉人,便故意设了这个局。你不怪吧?

听了这话,她的泪哗地一下流了下来。

她什么也没说,一口干了杯中的酒。

最美的风景

2006年秋天,我随一家旅行社去了趟云南。按照旅行社的路线,我们先去了石林,再去古城大理,之后又从大理到丽江。泸沽湖是我们这次旅行的最后一站。

导游是个女孩,长得娇小可爱。车一上路,她就开始给大家介绍泸沽湖的风景如何如何地美,教大家唱当地的民歌,当她讲到摩梭人的走婚习俗时,一车的人都兴奋了起来,特别是男人们,个个都摩拳擦掌,好像走的是他的婚一样。

泸沽湖果然如导游讲的那样,非常秀美,虽然我没有被走婚,但那里的风景足以让我流连忘返。

临返回的前一天晚上,导游带我们去吃烧烤,几百人的场地,大家对起了歌。熟悉的和不熟悉的都举杯欢舞。那场面至今都让人难以忘怀。

几乎所有的人都想在那里多待上几天。

返程时,车刚刚走到半山腰,导游便让司机将车停了下来。她说,这里是看泸沽湖全景的最好地段,她让大家下车去那里拍照留念。

我们下了车,立即去争抢有利的拍摄位置。

就在这时,突然间,从旁边的树林里一下子涌来了十几个孩子,他们每个人的手上都提着几兜苹果。

苹果是用网兜装着的,红红地露在了外面。每个袋里只装了四只苹果。这些孩子显然是有经营经验的,他们每个人奔一个游客而去,开始兜售手里的苹果。也许大家都是刚吃过饭的缘故,也或许大家对这样的场景已司空见惯了,没有一个人予以理睬。

孩子们都显得有些失落。

来到我面前的是个女孩,七八岁的样子,她的衣服虽然破旧,但脸洗得很干净,头发也梳得很顺畅。

女孩说,叔叔,买一袋苹果吧。女孩不像其他的孩子那样死缠烂打。她只是举着手里的苹果,满眼渴望地看着我。女孩的眼睛很清澈,和泸沽湖的水一样。

我说,多少钱一袋?

女孩说,三元。

我有意想逗逗这个可爱的孩子,说,四只苹果就三元钱,太贵了。

我的话似乎让女孩看到了希望,她连忙说,这是我刚从树上摘下来的,你要是嫌贵的话,给两块五吧。

我几乎找不出拒绝的理由。我从兜里掏出钱,数了两块五给了女孩,然后接过了那袋苹果。

就在这时,其他的孩子一下子都涌到了我的面前,他们举着手里的苹果袋,嚷嚷着让我也买他们的苹果。我被孩子们围在了中间无法脱身。我只好说,对不起呀,我不可能要这么多的苹果的。再说,我身上也没零钱了。然后拼了命地从孩子们的包围圈里挤了出来。

刚走了几步,听见身后传来咚咚的脚步声,我回过头,一个小男孩已跑到了我的身边。男孩对着我诡秘地一笑,说,叔叔,我刚看见了,你身上还有零钱呢!

这真是个精灵鬼!

我怕其他孩子再涌上来纠缠,赶紧从兜里掏出两元五角钱扔给了那个小男孩,接过他手里的苹果,向车前奔去。这时,其他人都已上车了。

真是怕什么来什么。我的前脚刚踏上车门,那群小孩子就追了过来。我让司机赶紧关车门。司机的手脚真麻利,就在那群孩子涌到车门前时,车门咣的一声关上了。

我长长地舒了一口气。

车要起动了。却见那群孩子一下子涌到了车的前面,挡住了车的去路。女导游看见这阵势,火气一下子蹿了上来,她说,真丢人!就让司机打开车门,准备下去收拾这些孩子。这时,一只小手从车前的玻璃上伸了出来。我们看见那只小手上紧紧地攥着一张五十元钱,在车玻璃上一晃一晃的。

叔叔,你的钱掉了。

也许是小孩太矮,他的头在车玻璃上一冒一冒的。

我们看不见他的嘴,却听见了他的声音。

我觉得我的心好像被人揪了一下。我想无论如何,我要将孩子们手里的苹果都买了。

我下了车。车上所有的人也都涌下了车。

还没等我下手,孩子们手里的苹果就被抢购一空。

聊 天

现在的人，依赖性都是很强的。比如说手机和电脑。

走在大街上，许多人耳朵上都挂着耳机，过马路时，一双手都会不停歇地在手机上按着，干什么？聊天。别看他们现在正在北方的某个城市的马路牙子上，他们很有可能正在和南方某个城市某个并未谋过面的人聊得热火朝天呢。

没有什么奇怪的。

这样的聊天方式，只动手，不动口。虽然违背了"君子动口不动手"的原则，可也很有意思。一是保密性强，不像是用嘴聊天，叽里呱啦的，嗓门大一点的，说话内容满世界都能知道。第二个特点是，不用费表情。手机里各式各样的表情都有，喜怒哀乐的表情应有尽有，用手轻轻一点就发过去了，这样就避免了很多尴尬，就是你皮笑肉不笑，对方也是看不见的。

这是说出了门的事。要是在家里或是在单位里，就会用电脑。两个人平排坐着，一天也可不用嘴说一句话。嘴的功能只是接吻和吃饭了。

要说话怎么办？QQ上说。比如说，到了中午饭点了，一个会在QQ上说，吃饭吧。两人心领神会，就一起走了，不知内情的人看起来他们竟然是那样的默契。

扯得远了。还是说说马群吧。

马群是个很活跃的人。在他们的QQ圈子里,他就像一条鲇鱼一样,总有办法把死水给搅活。这得力于他的思想活跃,打字速度快。在QQ群里,不在乎你嘴皮子有多顺溜,功夫都在指尖上。

可现实生活中的马群却显得很木讷。朋友们在一起吃饭喝茶聊天,几乎听不到他的声音。朋友们有时就故意问他,马群呀,你怎么不发表意见呢?马群急得一双手的手指乱动着,愣是从嘴里蹦不出一个字来。因此,三十多岁的人了还单着。

这事家里人急,朋友急,马群也急。一次次相亲都因为他不太说话而告吹。

马群的优势在网上,朋友们就让他在网上谈,果然就在网上谈成了一个。

那女孩是福建的。

两人在网上热热闹闹地谈了半年,很情投意合,就约定见面了。

等两人见了面,糟糕的事情又发生了。马群迷离着双眼看着坐在对面的女孩,心里欢喜得不得了,十个手指像弹钢琴一样在桌子上敲着,一肚子的话却是说不出来。两个人吃着饭就这样你看着我,我看着你,大眼瞪着小眼。马群也觉察到,这个在QQ上那样活泼可爱的女孩,竟然和他一样,也不太会说话。

马群真的很喜欢这个女孩,很想把他的意思表达出来,便掏出手机,打开了QQ。女孩会意地一笑,也拿出了手机,打开了QQ。就这样,两个人隔着饭桌用QQ聊了起来。

有意思的是,他们面对着面,连同笑都是发的QQ表情。

这顿平淡的晚餐因此一下子愉快了起来。有时候,他们聊着聊着,也会抬起头来互相看对方一眼,便又把头埋进了手机里。

女孩在这里待了三天,在这三天里,马群带着女孩看这个城市的景点,吃这个城市的小吃,但只要两个人坐下来,他们都会掏出手机聊天。

女孩临走的前一个晚上,马群带着女孩去公园,两个人并排坐在公园里看月亮时,马群突然在QQ上对女孩说,让我亲一下你吧。女孩回了一个害羞的表情,并附了一个"嗯"字。马群兴奋得不得了,他竟然举起手机,对着手机一阵猛亲。

女孩走的那天,马群去车站送女孩,当火车徐徐启动时,两个人恋恋不舍地挥手告别。

突然,马群像想起什么事似的,飞快地拿出手机,在手机上敲下了两个字:再见!

过了一会儿,马群的手机嘀地响了一声,他打开手机,只见女孩也发过来两个字:再见!

那时,火车早已驶出了车站,只能听见咣咣当当的声音了。

一条叫毛毛的狗

也许你不会相信,毛毛是一条狗的名字。就跟我叫芦芙茬一样,是为了让我们镇子上的人呼来唤去的方便。我的这个名字是我父亲取的,毛毛的名字是它的主人小寡妇起的。

我把大宝的母亲称作小寡妇是因为那时的她还很年轻,并且很漂亮。有些人见人爱的意思。

我们的镇子里好多人家都养了狗,黑的狗,白的狗,黄的狗,花的狗,胖的狗,瘦的狗。

我们镇子里的人从来没有把狗当狗看,他们将狗看成是朋友,是亲人,是儿子。它们白天随主人们一块上山下地,主人们在地里干活,把还在摇篮里的孩子放在树下,狗就忠实地守在那里。到了夜晚,累了一天的主人睡了,狗们就为主人看家守院。稍有风吹草动,它们就会叫起来。

在我们镇子上,要说就是小寡妇家的狗夜里叫得最凶。庄子里的男人们都很厉害,他们能在一片汪汪的狗叫声中,分辨出哪一个是小寡妇家的毛毛在叫。

毛毛在夜里叫了,他们心里就像长了草一样沮丧得发慌,就有些神不守舍。

小寡妇的男人几年前就死了,那时,她的儿子才几岁。我们镇子里的人都明白,那只叫毛毛的狗,叫声越凶,小寡妇的日子才越好过呢。

毛毛在春天的时候怀上了崽,到了夏天,毛毛产下了一只小狗崽子。小狗崽子长得和毛毛一样好看,有着一副很响亮的嗓子。

医生刘立庆家里没有狗,有一天他出诊时,路过小寡妇的门前,看见小寡妇家的那只狗崽子长得很可爱,就把那只小狗要回了家。

医生刘立庆怀里抱着小狗崽子,就跟抱着小寡妇一样兴奋。

可是,小狗崽子却一点也不高兴,它到了医生刘立庆的家,不吃也不喝,它叫出的声音比马车下坡时发出的声音还难听。医生刘立庆给闹腾得差点就要给它挂吊瓶打盐水。

这样闹了一夜,第二天早上,医生刘立庆还没有起床,听见门被弄得一片响。打开门一看,是毛毛。

毛毛的样子很着急,它理也没理刘医生,就从他的胯下钻进了屋里。毛毛顺着那个马车下坡的声音跑过去,就看见了它的那个小崽子卧在一蓬麦草上。

毛毛用舌头在小狗崽子的脸上舔了一下,就躺在地上将奶头塞进了小狗崽子的嘴里。

医生刘立庆被眼前的情况惊呆了,他没有想到毛毛是如此通人性的一条狗。

毛毛给小狗崽子喂饱了奶准备出门时,那只小狗崽子也跟在了毛毛的后面。医生刘立庆以为毛毛是要将那小狗崽子一块带走,没想到,那只小狗崽子还没有爬出门槛,就被毛毛用嘴拱回了屋里。

也就是从这天起,每天早上和黄昏,我们上学和下学时,就会遇见毛毛从窄窄的街道上走过来,再从窄窄的街道走向医生刘立庆家去给小狗崽子喂奶。毛毛从窄窄的街道上走过时的样子是那样的慈祥。

小狗崽子一天天长大了,有时,我们看见,它也跑到小寡妇的家里转一转,但时间不长,它就会回到医生刘立庆的家里。

一天夜里,大约半夜了,医生刘立庆突然听到他家的门被什么东西抓得呼啦啦一片响。打开门一看,又是毛毛。

毛毛抬头看了医生刘立庆一眼,就用嘴咬着他的裤腿把他往外拉。

医生刘立庆到了小寡妇的家里,才知道小寡妇病倒在床上发着高热。他给小寡妇看了病,并在那里守了一夜。

毛毛和它的那只小狗崽子也在那守了一夜。

这之后,我们镇子上的人突然发现,到了晚上,在一片狗的叫声中,毛毛的叫声越来越少了。再到后来,毛毛几乎没有了叫声。

大家这才明白,小寡妇不再是大家的小寡妇了。

小寡妇的儿子大宝,那时已十三岁了,他在离我们庄子很远的一所中学读书。他放暑假回到庄子,也知道了毛毛不再叫的原因。大宝走在村子里时,碰到村子里的男人们,他就勾下头。他就像一个做错了事的孩子似的,心里觉得隐隐有些愧疚。小寡妇让他帮她喂毛毛时,他就将毛毛饿了三天。

一天黄昏,大宝在家里拿了一根绳子跑到了医生刘立庆屋后的树林里。他把这根绳子绾了一个圈,一头拴一棵树上,另一头紧紧地攥在自己的手上。之后,他脱掉自己的裤子,努力地在绳套中间屙了一泡奇臭无比的屎。医生刘立庆家的那只小狗崽子经不住这种诱惑就跑了过来。它显然不知道这堆屎的后面有一个巨大的阴谋,竟然得意扬扬地吃了起来。就在这时,小寡妇的儿子大宝一用劲,绳圈就紧紧地套在了它的脖子上。

那只小狗崽子被吊在了医生刘立庆家后院的树上,就一命呜呼了。

这之后的夜晚,小寡妇家里又响起了毛毛的叫声。

鞋 的 故 事

猫头在冬天里，脚上总是穿着一双比他的脚大一号的棉布鞋。走起路时，扑踏扑踏地像是踏在淤泥里一样。有一次，学校里做早操，猫头一踢腿，一只鞋竟然越过老师的头顶，像一只鸟一样扑棱棱地飞向了半空，引得同学们的一片欢笑。

夏天来临时，同伴们都换上了各式各样漂亮的单鞋，猫头脱去了棉鞋后，却没有单鞋，就只能赤着脚来来去去的。这倒给了他很多自由。他赤着一双脚，上山下河的东跑西逛。说实话，到了夏天，没有几个人喜欢在脚上套上这劳什子走来走去。

于是，我们这些有鞋子的，也学着他的样儿，背过大人，将鞋子脱了，用绳子一串，挂在了脖子上，也赤着脚在田野里跑来跑去。那样子就像是一个搭着搭连赶集的小商贩。

那些日子，我们光着脚，却是那样的快乐。

有一天，当我们都赤着脚去上学时，就引起了老师的注意，老师耷拉着个脸狠狠地收拾了我们一顿，就做了规定：学校里是不准学生光着脚来上学的，谁要是再光着脚到学校，就不让他进校门。

第二天，当我们都穿着鞋子走进学校时，只有猫头一个人是光着脚的。那个长着鹰钩鼻子的老师，真的就把猫头撵出了教室。我们上课时，猫头就光着脚站在学校的操场上，毒日下，猫头的脸上汗流如注。

也许是这个原因,猫头三天没有来学校上课。

第四天早上,在我们期盼中,猫头终天来上学了。远远地,我们就看见猫头的脚上穿着一双崭新的黑布鞋向学校里走来。我们高兴坏了。

上完一节课,我们都围到猫头的身边,想看看他新鞋的样子。猫头的家里穷,有一双新鞋真不容易。而猫头见大家向他围过去,好像我们要抢他的新鞋子一样,撒腿就跑。我们几个追上去抓住了他,抬起了他的脚。我们要将他的新鞋脱下来让每个人都穿一穿,沾沾新鞋的喜气。

猫头的脚抬起来时,我们的心里不由一惊。我们发现,猫头的脚上穿的根本就不是什么新布鞋。那双远远看上去很漂亮的黑布鞋,竟然是他用墨汁细细画在脚上的。

我们都傻在了那里,不知所措。

猫头却笑了,他说:哈,我这才是真皮的鞋呢,永远都穿不烂的。

我们也都高兴地笑了。

从这天起,我们班的所有人都守口如瓶,我们一起为猫头守着这个秘密,守着这个关于鞋的梦。直到有一天,猫头在上体育课,一不小心踩在了一块碎玻璃上时,这个秘密才让老师发现了。

我们以为这一次完了,猫头一定会受到老师的惩罚,可我们的那个长着鹰钩鼻子的老师,在得知了整个事情的来龙去脉后,什么也没有说,他回到屋子里将他的鞋子找了一双,并亲手穿在了猫头的脚上。

那双鞋穿在猫头的脚上有些大,猫头走起路来,就像是个怀了孩子的孕妇,扑踏扑踏的,可猫头还是很兴奋。

在肚子里吃草的牛

胡登科这个人长着一个像大蒜一样的酒糟鼻子,他的额头长得又窄又小,下巴却出奇地宽大,远远看去,他的头就像是架在脖子上的一只鸭梨。

胡登科是个很能喝酒人。他可以一天两天地不吃饭,但每天的早午晚是不能没有酒喝的。

大人们都说胡登科的肚子里长着一只酒龟,要是他不喝酒,那酒龟就会在他的肚子里闹腾,就像孙悟空在妖怪的肚子里那样闹腾。

我们不明白酒龟是怎样一个样子,但在我们的脑海里,胡登科的肚子里始终有一个孙悟空,一个贪酒的孙悟空。

这种说法的结果,是为胡登科喝酒找到了一个很好的理由。他说他并不是个贪杯和嘴馋的人,一切的缘由都是他肚子里的那只酒龟。"那酒龟就像一个村主任一样,只要你不满足它的要求,对它稍有怠慢,它就会在肚子里发脾气,就会拳脚相加。我无所谓,可是村主任却是得罪不起的。"

胡登科说他喝酒从来没有醉过,可在我们的眼里他好像从来就没有醒过。他走在路上,就像是风中的一棵树,总是摇摆不定的样子。他常常把走在路中间的一只狗叫成二大爷。

胡登科原先有过一个媳妇,人长得白白净净,很有几分姿色。

自从结婚起,不管是醉着还是醒着,胡登科从来就没有动手打过她,胡登科是个爱老婆的人。他爱老婆就像他爱酒一样,可是,他的媳妇还是跑了。因为胡登科把家里喝得除了几头牛之外,再没有其他的东西了。

媳妇跑了,胡登科就和他的那几头牛过日子。平时,他就将牛赶到山上有草的地方让牛吃草,他呢,就躺在有太阳的地方眯着眼晒太阳。到了农忙的时节,他就会赶上牛,背上犁去给人家耕地。这个爱酒的人呀,他几乎将他用牛换来的钱都用在喝酒上了。

再后来,胡登科的牛也只剩下一头了,其余的牛都让他换成酒,喝进了他的肚子里进贡给他肚子里的村主任了。我们看见胡登科走在路上时,就觉得好奇,胡登科的肚子真大呀,那里除了那个村主任之外,也许还有一块草地或一块田。我们不知道那几头被他喝进肚子里的牛,在他的肚子里现在是在忙着吃草呢,还是在耕地。我们只是看见他的脸上长出了一茬茬又肥又壮的胡子。

有一次,胡登科一只手握着一只酒瓶,东倒西歪地去王杂货的小卖部打酒,王杂货那天刚好没有在,王杂货那肥胖得像头猪样的老婆一个人看着门市部。

胡登科一路嚷嚷着到了门市部,就将左手拎着的那只酒瓶递给了王杂货的胖老婆,等王杂货的老婆给酒瓶里打满了酒,他又将右手的酒瓶递了上去。就在王杂货的胖老婆又给他的酒瓶里打酒时,他一仰脖子,将左手瓶子里的酒干掉了。等王杂货的胖老婆婆给那只瓶子打好酒,将酒瓶递出来时,胡登科就将喝完了酒的瓶子递了上去。

王杂货的胖老婆觉得奇怪，说，那只瓶子不是刚刚给你打过酒了吗？胡登科就装出一副吃惊的而委屈的样子说，打过了？那酒呢。

王杂货的胖老婆自作聪明地以为，胡登科大概是不小心将酒洒在地上了，她踮着两只肥胖的脚跑到柜台外一看，地上连个唾沫星子都没有，她抬头看了看天上的太阳，太阳也并不是她想象中的那么大、那么毒。她就奇怪地说，真是出了奇事了，真是出了奇事了！

胡登科的最后一头牛也被他卖掉，换了酒喝孝敬了他肚子里的那个村主任。胡登科最后的那头牛是头母牛，他原指望给那头牛配上种，让母牛下个崽的，可没有等那头母牛怀上，他就将那头牛喝掉了。

胡登科没了牛，就盼着镇子上死人或者有人结婚，这样，他就可以好好过一过酒隐。

一天早上，有人一大早就跑到庄子里说，你们庄子的胡登科现在正躺在我们庄子后面的乱坟岗里呢。大家就赶去将他叫醒，问他怎么一大早就躺在这里。胡登科揉揉蒙眬的睡眼说，昨天晚上他回庄子时，听见这里又是吹唢呐又是放鞭炮的，跑过来一看，见这里有好多人披红挂绿地正在摆宴席结婚呢，那主人真是好客呀，见了他就硬拉着他喝上了，没想到就喝多了。

那个赶来报信的人当下就睁圆了眼睛，身上就跟筛糠似的抖了起来。大家问他怎么了？他指着跟前的一座新坟说，我们庄子上有两个小青年前几天殉情了，昨天下午才把他们埋在这里的。

大家听了这话，看着胡登科，都很同情，却不知道怎么去帮助他。

胡登科是在我们上了中学时死去的,据大人们说,他最后是因为喝了酒精而中毒死的。

卖哟嚯的人

我们庄子的人都很懒散,许多人只图个有吃有喝就心满意足了。空闲下来的时间,就三三两两地坐在庄子口晒太阳,说些庄前庄后的一些陈芝麻烂谷子的事。当然,晒太阳是不用待在树下的,那样树的枝枝叶叶就会把太阳挡住。可是到了夏天,太阳大的时候,就得找一棵树了。我们庄子是有很多树的,随便哪一棵树都可以遮阴挡凉。

庄子口永远都是庄子里最热闹的地方。那些外地来的卖针头线脑的小货郎呀,走村串乡卖狗皮膏药的游医呀,还有那些磨剪刀补锅卖老鼠药的到庄子里来了,都会聚到那里。这使庄里的人长了许多见识。

那年夏天,庄子里来了一个人,那个人眉眼粗大,嗓门洪亮。人还未进庄子,那吆喝声先在庄子里绕了几圈。

卖——哟嚯了!卖——哟嚯了!

庄里的人都觉得稀奇,这卖儿卖女、卖爹卖娘的都见过,还从来没听说过卖什么哟嚯的。等那人走近了,都纷纷拉长脖子围了上去。

那人倒是不急不躁,在一块石头上坐下,与庄里人讨了一碗水喝了,一边抽烟,一边不紧不慢地吆喝着,等人越来越多了,大家的情绪越来越高涨的时候,他才慢悠悠地掏出一些小纸包来。

纸包不大,也没有什么特别之处,全是用写过字的作业纸包成的。有人就要他打开纸包先让大家见识见识哟嚯是个什么东西。那人笑了笑,说,这东西吗——是很有意思的。你得买了它才可以看的。

哟嚯倒也不怎么贵,两分钱一包。

东西虽然说是不贵,但毕竟弄不明白那哟嚯是长的还是短的,是粗的还是细的,是方的还是圆的,是吃的还是用的。

大家就把期待的目光投向了校长马怀尔,校长马怀尔毕竟是我们小镇上书读得最多,见过世面的人了。

校长马怀尔挺了挺胸说了一句很哲学的话:要想知道梨子的味道,只有亲口尝一尝。

校长马怀尔很悲壮地从内衣的口袋里摸出了两分钱递给了那人。

那人接过校长马怀尔递过来的两分钱就说,大家看看呀,你们的校长都带头买了,要买就快拿钱出来吧。

我们都以为这一下就可以见识到什么是哟嚯了,那人却并没有立即将手里的纸包给校长马怀尔,他的目光又在人群中扫来扫去。

还有谁要卖?哟嚯是有限的,错过这个村就没这个店了。

大家就说,校长都掏了钱,你怎么不给他东西呢?

那人并不着急,他不慌不忙地说,这东西要买得一块买,怎么？你们是不是掏不起这两分钱？

大家被这句话一激，就纷纷从身上掏出钱来，然后就按掏钱的先后顺序排好了队。

那人把包递给交了钱的人时，他总忘不了要交代一句：回家了才能打开，打开包时一定要小心一点！

大家都是急于想知道这哟嚯到底是个什么东西的，拿了纸包就急急忙忙朝家里跑去，回到家关了门，再手忙脚乱地将那包打开。

那包刚刚打开，还未等弄清是怎么一回事，只见一团黑影从包里射出，早窜得无踪无影了。看的人禁不住下意识发出一声——哟嚯！

哟嚯——！哟嚯！

一时庄子口旦四处响起"哟嚯"之声。

后来，从别的镇子里传过话来，说那包里包的其实就是整天在我们身边嗡嗡嘤嘤四处乱飞的饭蝇。只是那饭蝇被包在包里憋急了，你一打开包，它自然会迫不及待地要飞走的。而掏钱买这物什的人在打开包的时候，还没看清是什么东西，那饭蝇就飞走了，自然会讶然一叹：哟嚯——！

知道了这事，庄子的人才明白是上了一个有趣的档，一时，个个都笑得直不起腰。想一想，两分钱买了一个开心，也值。

长脚的鸡蛋

我的母亲贤惠却又是一个很节俭的人。

我们家喂了五只母鸡,每天早上,我的母亲起床后的第一件事,就是打开鸡舍将手一一伸进母鸡们的屁股后,试一试鸡的肚子里有没有蛋。

我们家的母鸡不太懂事,母亲对它的操心它根本不领情,有时候它甚至是故意要和母亲作对似的,为了寻一点食物,没远没近地跑。这样的结果就是:等它发现自个儿要下蛋时,才发现它的屁股已没有力量将那枚蛋夹住了,它就将肚里的蛋下在了别人家的鸡窝里。这事很是让母亲头疼。母亲为此也想了许多办法。比如估计那只母鸡要到下蛋的时间了,她就会走到村子的街道上去将母鸡唤回来。

过了一段时间,母鸡们竟然被母亲的唤声训练得很有时间观念了,它们就会像我们镇子里那些按时上班的工人一样,早上准时出门,到了要下蛋时,按时回来将蛋下在了自己的窝里。

可我们家里的鸡蛋数与母亲预想的数字有了一些出入,母亲便将这事怀疑到小寡妇的九岁的儿子大宝的身上。

小寡妇的儿子大宝平时手脚不太干净,丢了东西很容易就会想到他的身上。

小寡妇知道了这事,用一只扫把,将他的儿子大宝狠狠地揍了一顿。大宝被小寡妇揍得像鸡一样满院子里跑。

那天一个下午,我们都看见大宝一个人坐在他家的门槛上哭。

可是,第二天,当我家的那只年轻的母鸡刚下完蛋时,我发现了大宝又探头探脑地躲在我家鸡舍旁的一棵树后面。

我想去抓住他,却见他向我招了招手。

我向他走过去,顺着他手指的方向看去,就看见了一条蛇正盘在我家的鸡窝里,张着大嘴将那只母鸡刚下来的鸡蛋往肚子里吞。

那是一条多么聪明和狡猾的蛇呀。我们看见,它将鸡蛋吞进肚里后,就像一个孕妇一个扭动着笨重的身体,爬上了一棵树。

就在我们担心那蛇会不会被它吞进肚子里的鸡蛋撑死的时候,那蛇却突然一纵身从树上跳了下来。随着一声响,刚才还是鼓鼓的鸡蛋碎在了蛇的肚子里。

后来,寡妇的儿子大宝就上去抓住了那条蛇。大宝觉得就是那条蛇让他背了黑锅,让他蒙冤,让他不明不白地挨了一顿打,让他坐在门槛上哭泣了一个下午。

大宝让我去找来了一只镢头,我们在树下挖了一个坑,大宝将蛇头埋进了坑里后,又用一截草绳紧紧地将蛇的尾巴绑住。

做完这一切,大宝让我脱下裤子,我们对着蛇尿了一泡尿。起初,那蛇就像一条牛尾巴一样不停地在空中甩动着,慢慢地,那蛇就像一根旗杆一样,竖在那里不动了,而且身子变得越来越粗。

那条蛇后来死了。它是被它肚子里的气憋死的。它的身子爆裂时,我们看见那只被它吃进肚的鸡蛋黄黄地流了一地。

鸟　巢

整个秋天,母亲都在那盏清油灯下,忙忙碌碌地为我们姐弟几个缝做棉衣。棉衣缝好了,寒冷的冬天也就随之而来了。这时,我猛然间想起了屋后核桃树上的鸟巢和鸟儿来。

那是一个用树枝和蒿草搭起来的,非常简陋的鸟巢。巢是丑了点,但巢里的鸟儿却是很美丽的呢。春天和夏天,核桃树绿荫相叠,那绿叶把后院那方天空撑得满满的,你看不见了天空,看不见了那鸟巢,看不见了鸟那美丽的影儿,仅凭鸟儿清脆、婉转的歌声,就把个场院搅动得红红火火、热热闹闹了。可是眼下,当我们都肥滚滚地穿上了母亲为我们做的厚棉衣时,鸟儿们怎样去抵制这寒冷的冬天呢?

我就是穿着母亲为我做的厚棉衣去看那鸟巢和鸟儿的。

那个时候,那棵被风早已摘光了叶子的核桃树,正孤零零地立在了后院里,枝已变得黑朽,像一位骨瘦如柴的老人。后院里的天空是有了,黑朽的树上却没了那欢欢喜喜的鸟儿。留下的只是那个简陋无比的鸟巢,孤孤地悬在枝头。鸟儿们呢?它们是觅食去了?是为了拾掇这破烂不堪的鸟巢寻找材料去了?或者是弃了那丑巢去了新窝?……我的心不同一咯。但我不知为什么,心底总萌生出一种希望:鸟儿们是不会走的,也许今夜它们就会呼啦一下都飞回这鸟巢呢。

鸟儿是不会走的,但不走又怎样呢?这样的丑巢,说不定哪天一阵风就会将它从树上掀落。这样的鬼天,也许明天就会下雪的,不走又怎样呢?

我要留住那鸟!我要像母亲为我们姐弟缝做棉衣那样,也为鸟儿们拾掇一个舒舒服服的巢!

其实,搭鸟巢并不是一件简单的事。我从父亲砍的,过冬用柴垛里抱了一捆柴火。一根一根盘上树,横七竖八地架在了树枝丫上,架得结结实实。又悄悄抱了母亲做饭引火的干麦草,在新搭的鸟巢里厚厚地铺了一层。再从野地里摘来很大一堆野棉花铺在巢里……鸟巢真的就搭成了。好漂亮呢。之后,我又背着父亲和母亲,从粮柜里偷偷拿来了够那一窝鸟儿们吃一个冬天的麦子。

鸟巢终于拾掇好了。于是,我就天天坐在后院的墙根下,望着那棵核桃树,望着核桃树上的鸟巢,盼望着鸟儿们呼啦一下从那方灰灰的天空中突然飞来。

我一边企盼,一边想象着当鸟儿们回来,陡然见到自己有家被收拾得焕然一新时那种高兴的情景;我一边企盼,一边想象着当老鸟儿卧在这热炕头似的家里恩恩爱爱,繁衍出小鸟,小鸟再繁衍出小小鸟时的那种喜悦,那种欢愉之情。

企盼中,我仿佛真的听到了小鸟的振翅声,鸟的鸣叫声……

可是,日子一天挨着一天过去了,鸟儿们却终究不见回来。

在这天寒地冻的冬日里,鸟儿们可不敢出什么意外呀!

就这样焦急不安地等过了许多时日之后,天骤然变得更冷了。随之一场大雪就铺天盖地而来。黑朽的树枝落了一层厚厚的白雪,那老碗大的鸟巢一下子肿胀了起来,变得像脸盆大小。

愈发臃肿了的人,更是不敢出门了,缩了脖子围坐在火炉边烤火。

就在那个雪天里,在我放学回家的路上,我猛然看见一只鸟儿缓缓从头顶上飞过。

"鸟儿终于飞来了!"

我兴奋得连滚带爬去了后院。我要看看鸟儿们是怎样住了我为它们搭的窝呢。

然而,当我飞跑着去了后院时,我立即傻了眼。

后院没有鸟,也没有了鸟巢,连那棵老朽的核桃树也没有了。

核桃树被放倒在了后院落的地上。院里没有了树,就比先前多了一方蓝蓝的天空。父亲穿了短衫,满头大汗地挥斧将黑朽的枝丫一斧一斧地砍掉。

"你为啥要砍了那树!"我对父亲说,"你为啥就砍了那树呢!"

父亲停了手中的活,奇怪地望了我一眼,满脸疲惫地说:

"你爷爷是不行了,怕是挺不过这个冬天了呢。砍了这树,得赶紧为他打一口棺材。"

我一边想象着这树变成黑漆棺材横在面前的样子,一边就连忙去寻找那鸟巢。可连一根搭鸟巢的树枝都没寻着。那一刻,我心忽而变得空空落落的了:"鸟巢没了,树没了,鸟儿将永远不会有归宿了!"

我的心好冷呀!

回到屋里,爷爷正坐在火炉旁佝偻着身子烤火。他太老了,一声挨着一声呻吟。见我进屋,爷爷那痛苦的脸上,忽然有一丝笑冒出来。他颤着声喊我,喊我去他怀里烤火。

"冻坏了吧,快来让爷爷搂着烤烤暖。"

我明白了,爷爷对我的爱,远远超过了他对父亲、父亲对我。可是,当我走近爷爷时,低头朝炉膛里一望时,我的心不觉猛地一抽:那火炉里燃得旺旺的柴草,不正是我给鸟儿们搭的巢吗?

泪不由自主夺眶而出。

爷爷见我那样,心疼地说:"来,谁欺负你了,说给爷爷听,爷爷去收拾他!"

望着爷爷那被火烤得微微发细后更显慈祥的脸颊,望着火炉中将化为灰烬的鸟巢,我再也忍不住了。我对爷爷大喝一声:

"恨你呢,爷爷!"

麻　烦

年初,单位组织员工去医院里体检,当面前那个年轻的女医生问侯小年的年龄时,他愣是待了半天,才说四十了,很有些不情愿的意思。呀,呀,都四十了,老了。侯小年的心里不免生出了几丝酸楚和无奈。

还在去年,侯小年向别人说自己的年龄时,还没什么感觉,甚至心里还有一股子劲泉水般往起窜,好像还真的很年轻似的,好像还激情四射似的。可也就是刚刚过了多半年,无非是把三十九说成四十,怎么心态上就有这么大的变化呢?

不过,现在的侯小年和过去相比,确实有了些变化。他变得安静了,祥和了。以前走在街上,他的眼睛总是东张西望地像一只奔跑的兔子,闲不下来。见了美女,他的目光一下子就会燃烧起来,他才不管人家理他不理,死皮赖脸地就和人家搭讪,和人家磨蹭,好像有使不完的热情。现在倒好,走在街上,他的目光就仿佛是午后太阳底下晒暖暖的猫,慵懒而无精打采。有时侯小年突然也会迸发出一点什么想法,但那就好像是烟花一样,来得猛,去得也快。用侯小年自个儿的话说,麻烦。

侯小年是越来越怕麻烦了,朋友约他一起吃饭,他觉得麻烦,不去。单位让他出差,他也觉得麻烦,尽量推托。连同以前让他魂牵梦萦、睡不好吃不香的美女们约他,他都找各种借口给回了。麻烦!他现在习惯上班去单位、下班就回家的这种生活节奏了。他不希望别人来打破这种节奏。

侯小年刀枪入库了,这反倒让他的妻子有些隐隐的不安了。她其实一直喜欢侯小年那种不安分的样子,那样虽然得把心悬着过日子,可侯小年总是充满着活力,充满着激情的。她自信她是了解侯小年的。侯小年就像是一个体力很好的足球运动员,你满场都可以看见他飞奔的身影,可就是在临门一脚时,他会犹豫不决地退下阵来。

侯小年这种按部就班的样子,真的让他的爱人有点手足无措了。她不知道是不是她那儿做错了。她想找一种方式再将侯小年激活,她觉得生活还是有点浪花好些。不过这也让她省了不少心。以前她出差最放心不下的就是侯小年,她担心她不在侯小年身边时,他不安分做出什么出格的事来。现在好了,她可以放心地去出差了。

爱人出差了,侯小年似乎真的没什么变化,和平时一样,早上起床,洗漱,上厕所,接下来就一只手提着裤子,一只手拿起电视遥控器搜索着电视频道。也没有什么目标,只觉得一个人待在大大的屋子里,有点寂寞,有点无聊。

这天早上,当他一手提着裤子,一只手叭叭地摁着遥控器的按钮时,一张一闪而过的面孔,突然让他的心跳了一下,像被电击了一样。他连忙调到那个台。那一刻,侯小年觉得自己就像一只烟花被点燃了,那尘封了好长时间的激情一下子喷薄而出,冲天而起。呵呵,多么让人心动的一个人儿呀!

那是邻市的一档时讯节目,那美人儿正在一条一条地播报着邻市发生的一些事。至于什么事,侯小年几乎一条也没有听进去,他只是想着节目早点播完,他好在字幕里看看这美人儿叫什么名字。

胡秋儿。真是一个好听的名字。

侯小年感觉到了他的体内有一种东西在汹涌着,要冲出体外,直到他上班到了单位,那种莫名的兴奋还在持续着。侯小年在网上查到了邻市的那家电视台的地址,然后拿出自己刚刚出版的那本书郑重地签上了自己的名字并留下了电子信箱,给胡秋儿寄了出去。

这才是以前的侯小年,他才不管你回不回信呢。

也许,是的,也许。也许侯小年一时冲动发出去的这封信石沉大海,像肉包子打狗一样,有去无回,他就会再次回到现在的生活轨道上。可也许的后面是有种种的可能性的。

比如这一次的结果,就大大地出乎意料了。

当天晚上,侯小年打开他的信箱,竟然看到了胡秋儿给他的回信。胡秋儿在信中说,赠书收到,真是太让我激动了,以前就喜欢读你的文章,耶!你的文章写得真好玩,我喜欢。

如果把侯小年比作一辆车的话,这话就好像是踩到底的油门。他只有轰轰地往前冲的份儿了。

侯小年已在网上搜索到了,胡秋儿的时讯节目的正点时间是晚上八点。晚上七点多侯小年就守在了电视机前,像个饥饿的孩子等待一顿丰富的晚餐那样。看完节目,侯小年迫不及待地给胡秋儿的信箱里发了一句话,很上镜呀,如果穿上宝石蓝的西装,配白衬衣,会更好的。

第二天,胡秋儿在电视上一出现,果然是穿了宝石蓝的西装并配了白衬衣。

接下来的几天,侯小年就像一个服装师一样,不停地给胡秋儿提出建议,比如胸前的衣袋上应该插上一枝紫色的花呀,头发应怎样梳呀,只要侯小年提出来,第二天胡秋儿绝对是按他的设计装扮出现在镜头前。

侯小年体内的血都要沸腾了。他的体内好像有一匹野马,直想往外冲。但不知怎的,他还是一次次地将缰绳拽住了。直到他的爱人出差回来,他还死死地拽着。

侯小年的爱人当然发现了侯小年的身上有了变化,爱说话了,做事也有活力了,连同早上起来刮胡子时嘴里还哼着歌。一切好像又回到了从前。只是她不明白,来自什么原因。

侯小年的爱人知道侯小年以前是不爱看电视的,现在,只要到了晚上八点,侯小年就会准时坐在电视机前,一边和她说着话,一边看着电视。有时还将臂膀伸过来将她揽进怀里。两个人好久没有这样亲热过了,一时还有些不习惯了。她就拿起遥控器要换台,侯小年立马就要抢遥控器,说让他将这个节目看完再换。侯小年的爱人当然不同意,说,这是邻市的时讯,与我们市一点都不相干,有什么好看的?说着就换了台。

侯小年没得办法,只好起身去卫生间,他并没有上厕所的意思,但他还是蹲在马桶上,他心里一直在想,要不要去见见胡秋儿呢?想一想,他还是觉得不去的好,他觉得这事很麻烦。

出　　轨

吴疆正在和朋友吃饭,突然感觉大腿根儿麻了一下。他知道又是董梅给他发短信了,就借口上厕所,去看董梅给他发的短信的内容。

董梅的短信,一天有好多条,她给吴疆发短信几乎没有什么规律可言,想起来了就发过来。有时吴疆正在开会,手机叽叽哇哇就响了,甚至有时睡到半夜了,短信说来就来了。常常弄得吴疆措手不及,吴疆只好把他的手机调到振动状态。

吴疆有时候也想自己说服自己,我和董梅的关系很正常呀,清得像水,白得像纸,干吗要心虚呀,好像两人做了什么见不得人的事似的。想是这么想,可一旦董梅的短信发来了,心里还是有几分紧张。

要说,董梅给他发的短信内容,也没什么不可示人的。多数都是将别人发给她的短信窜改一下,加一点小女人的智慧和温柔,再转发给他。偶尔也发几条看起来有点暧昧、有点肉麻、有点骚情的内容,分寸掌握得也十分得体,完全是一种玩笑的口气,进

退自如，你没法把它当真。

可不知为什么，只要董梅发来短信，他就会莫名其妙地心慌。

对于董梅的情况，其实吴疆也不是完全了解。他只知道董梅就在他们这座楼上上班。他们几乎天天早上都能在电梯口见面，有时他们还是坐同一部电梯上下。董梅的楼层要高些，他下了，董梅还要继续上几层。他们见面时，也会打一声招呼，几乎看不出和其他人有什么不同的地方。只是，吴疆有时刚下电梯，还没打开办公室的门，董梅的短信就来了：

哼！你怎么和二十层的那个女孩贴得那么紧呀，她的胸软乎吧？

吴疆觉得又好气又好笑，这个小女人！两个人只是发发短信，打打嘴皮子官司，还没怎么地呢，就这般吃上了醋。下次等再坐电梯了，我叫个单位的妹妹，故意拉着她的手，看你能把我怎样。

可说归说，下次再上电梯，吴疆就尽量往男人身边站，尽量离那软乎乎的东西远一些。真好像那软乎乎的东西就跟毒品一样，跟传染病一样。

吴疆其实是一个已婚的男人了，他和他的太太结婚已三年，他们的女儿现在正好两岁。太太叫夏雪雪，在一所幼儿园当老师。夏雪雪长得不算太漂亮，可性格温和可爱，自从结婚后，吴疆在家里几乎是衣来伸手，饭来张口。这还不算，夏雪雪有时和吴疆说话，语气就像对待幼儿园的小朋友一样。比如她叫吴疆吃饭，她会说，饭好了，我们吃饭饭了。再比如晚上洗脚，她将洗脚水端到吴疆跟前了，就会说，来，洗脚脚了。这样的语气，让吴疆时时都会感觉到一种温暖。

正因为这样,吴疆在和夏雪雪结婚后,几乎和以前所有认识的女孩子都断了联系。

可吴疆发现,自从认识了董梅以后,他觉得他以前设的种种堡垒似乎正在一点点地土崩瓦解,以前看似熄灭的火焰又开始呼呼地燃烧起来。要是哪一天董梅没有发短信,或是短信突然发少了,他的心里就空落落的。

吴疆想,我这是不是传说中的出轨?

想到出轨,吴疆的心里有种莫名的激动和恐慌。那段时间,他将他的手机调到了铃声状态,董梅的短信来了,手机就会叽叽哇哇地响,他要以此来引起夏雪雪的注意。如果夏雪雪注意到了他的异常,并发觉他有出轨的症状和动机,就会和他吵和他闹的,这样就会掐断他的那种念想。

那天夜里,吴疆和夏雪雪都睡下了,吴疆故意给董梅发了一条短信,过一会儿,手机就叽叽哇哇响了,夏雪雪竟然翻了个身就又睡了过去。

吴疆打开手机,见董梅发来了这样一条短信:在干什么呀?

吴疆回过去说,正在想你呀。

董梅在短信里说,哼,搂着老婆说想我,瞎话。

吴疆赶紧回过去,我可是天天晚上都想搂着你的。

董梅回过来说,真的?

吴疆回过去说,真的!

短信的铃声叽叽哇哇响个不停,夏雪雪睡得像死猪一样,就是没有一点反应。

吴疆想,夏雪雪呀夏雪雪,这就怪不得我了,我是给了你机会的,可你竟然没有一点反应。

那天下午快要下班时,吴疆给夏雪雪打了个电话,他说他晚上要加一夜班,不回家了。之后,他在酒店里订了一间房和一份双人套餐。

一切都准备好了,他给董梅发了个短信说明了他的意思。

吴疆到了酒店,等呀等,一直等到夜里十二点了,却没见董梅的影子,甚至连个短信也没有。

吴疆想了想,禁不住笑了:这女人呀,真是不厚道,你没想法时,她像蚊子似的在你跟前绕来绕去的,到了动真格的却没了踪影。

第二天早上,吴疆上班时,在电梯里正好遇见了董梅,她好像什么事也没发生一样,照样和他打招呼。吴疆昨天夜里一个人在酒店里折腾了半宿,竟然有些感冒了,电梯上到三层时,他忍不住用手捂着嘴打了个喷嚏。等他将办公室的地拖好,桌子擦好时,他的手机响了。他打开一看,是董梅发来的短信。董梅让他到他们楼梯口的那个垃圾筒里去取个东西。

吴疆放下手机赶紧跑到楼梯口,他将手伸进垃圾筒,摸到的是一个纸袋子。他将纸袋子揣进怀里,在卫生间偷偷地打开纸袋子时,不由得笑了。纸袋里装的是几盒感冒药。

这时,吴疆的手机又响了,他打开一看,还是董梅发的短信:

疆,记住按时吃药噢。

回 乡

谭小石带着朗朗回到梅镇的时候,梅镇刚刚经历过一场秋雨。镇子街道上的积水还没有干,一团一团的积水,如同一面面镜子,把远山近景尽收其中。一眼望去,那窄窄的街道,就跟一幅幅画一样,格外好看。

朗朗走在谭小石的身边,就像一面旗帜一样鲜艳夺目。他们跳过一潭一潭的积水,那左蹦右跳的样子,就像一对行走在画上的蚂蚱。镇子上男人们的目光在那一刻仿佛变成了一双双贪婪的手,开始在朗朗的身上摸来摸去。

谭小石就是这样在人们羡慕的目光中,带着朗朗从梅镇的街道上向家里走去。

对于谭小石要回梅镇,镇子上早有了传闻。一种说法是,谭小石这多年在外面开了公司赚了很多钱;还有一种说法是,谭小石在外面替人坐了几年牢,人家给了他一大笔钱。但不管怎样的说法,有一点是可以肯定的,那就是谭小石有了很多的钱。

谭小石是在十年前离开梅镇的。谭小石是个孤儿,家里很穷。有句话叫穷凶极恶,谭小石当时就是那样。镇上的人都还能清晰地记得谭小石被村主任拿着大木棒赶走时的情形。村主任家的东西丢了,村主任一口咬定是谭小石偷去了,他提着一根木棒子追打着谭小石。那天,天上正下着雪,谭小石赤着一双脚,像

一只被猎人追赶的兔子一样,在雪地上跑着,他就是那样在村主任的追赶下跑出了镇子,跑出了人们的视线,从此再没有回来。

没想到,谭小石在十年后又回来了,而且是以一个有钱人的身份回到了梅镇。

谭小石回到梅镇的第一件事,就在要在老庄子上重新盖几间新房。他再也不会离开这地方了。梅镇对于谭小石来说,虽然有恨,但更多的还是爱。他心里比谁都明白,那时,与其说是他去偷别人的东西吃,不如说是大家在用另一种方式送他东西吃,镇子上的人家,几乎都是把吃的东西放在他能看得见的地方,让他偷了去吃。谭小石离开村子十年,但他也把这份感激在心里酝酿了十年。

现在,他终于回来了,他要把这份感激变成一种回报。他和朗朗找到镇子上最好的酒馆,订下了最好的酒席。之后,谭小石和朗朗挨家挨户地送去了请柬。

让谭小石没有想到的是,开宴那天,镇子上的人好像商量好了似的,都没有去赴他的宴席。

那一刻,谭小石的心凉到了底。他看着镇子上那一个个让他心存感激的人,觉得他们是那样的陌生。他是诚心诚意的,竟然没有一个人领情。他弄不明白这是为什么。

更让人想不到的事还在后面。

谭小石将老房子推倒了,他准备在老庄子上起新房时,他掏钱都没有人愿意来帮他的忙。朗朗看到这种情况,劝他回城算了,他们的钱足够他们在城里挥霍一生,可谭小石说什么也不同意。他坚信镇上的人迟早是会接收他的。

镇子上的人不愿帮,谭小石去别的地方请来了建筑队把房子盖了起来。

搬进新房的那一天,谭小石买了许多鞭炮,那噼里啪啦的鞭炮足足响了半个多小时。镇子上的人都远远地站在那里看热闹。

在鞭炮声中,一辆卡车从公路上开了过来,在谭小石的指挥下,那车开到了谭小石的新房后面。那里不知什么时候已修好了一个鱼塘。几个年轻人从车上跳了下来,他们是给谭小石送鱼苗的,那鱼苗被倒过鱼塘的那一刻,整个鱼塘都沸腾了起来。

谭小石本来想对看热闹的乡亲们说,等鱼养大了,大家想吃鱼了就来,可他的话终究没有说出来。他发现所有人的目光都是硬硬的、冷冷的,仿佛上了一层锈,结了一层霜,没有一点热情。

谭小石住进新房刚刚三天,那乔迁的喜气还没有挥洒干净,新房的玻璃却在一夜之间,被人用石块打碎了大半。这事很快就在梅镇传开了,看着镇上人那幸灾乐祸的神情,谭小石什么也没说,他悄悄地去买来了玻璃重新装上。

可事情并没有完。过了一段时间,谭小石专门卖来看渔场的狗,就口吐鲜血,死在了鱼塘边。这一次,朗朗不同意了,她哭着闹着要回城,她说她不想这样提心吊胆地跟谭小石过日子了,要么谭小石和她一块回城,要么她就一个人走,反正她是不会再在这待下去了。

谭小石好说歹说,连哄带骗,总算把朗朗留了下来。也许是这一次真的有些过分了,当谭小石拉着朗朗从街上往家走的时候,他见许多目光都是闪闪烁烁的,好象要向他证明,这一切不是他们干的。

谭小石息事宁人了。

经了这几件事情之后,日子总算安静了下来。镇上人对谭小石最初的那种抵触和仇视，也慢慢地得到了改变。鱼塘里的鱼也开始一天天大了起来，谭小石见了镇上的乡亲，就面带笑容地向他们发出邀请，他让他们想吃鱼时就去捞。他甚至将鱼捞好给那些年长者送上门，可还是没有人领他的情，那些被他送上门的鱼，要么让他们丢了喂了狗，要么就那样挂在门前的树上，看着一天天地烂掉。

谭小石觉得他的心在一抽一抽地痛。既然没人吃他的鱼，那就卖吧。

谭小石就开始天天张罗着联系买主。

那些天，平时门可罗雀的谭小石的家里，一下子热闹了起来。不停地有人来，有人去的。

偏偏就在这时，又出事了。

那天早上，谭小石陪着头天晚上赶来买鱼的鱼商到鱼塘看鱼时，鱼塘的鱼全都白花花地漂在了水面——谭小石的鱼塘被人下毒了。

镇派出所的民警来了。镇上所有的人也都来看热闹了。

派出所所长一边吩咐民警们查找线索，一边安慰着谭小石。谭小石脸上的表情十分绝望，他将小渔筏划到鱼塘中间，一言不发地将那些死鱼，一条条地捞起来扔到岸边。

面对这种情况，所有人的目光都流露出了一种同情，不知是谁突然喊了一声，咱都去帮帮小石吧！于是所有的人都奔向了鱼塘。

毒鱼案最终没有破了。或许是同情的缘故，梅镇上所有的人突然改变了他们对谭小石的看法，他们没事了就去谭小石家坐坐，他们还自发地去帮谭小石修整了鱼塘。他们开始抽谭小石的烟了,喝他的酒了。更有激进一点的三天两头地到派出所去问案子的情况。有人甚至当着派出所所长的面骂他,说他无能,连这样的案子都破不了。

只有派出所所长心里明白,这案子他是一辈子也破不了的。因为从砸玻璃那件事起,一切的一切,都是谭小石自己策划,自己干的。他砸了自家的玻璃,他毒死了自家的狗,他毒死了自家那一塘的鱼。他没有别的想法,他宁肯花钱,也想和这些曾经有恩于他的乡亲融为一体。

小 样 儿

小样儿是女孩儿撒娇时骂她男朋友的话。语气暧昧又有点亲昵。

你个小样儿!女孩儿说。

男孩儿这时候是幸福的。觉得这日子都是拿蜜浸了的,甜。他搂着女孩儿细细的腰,手就有点不规矩了,总是想顺着那腰探头探脑地往下摸。女孩儿让他的手摸摸索索地往下走一截儿,再走一截,突然就不让了。女孩儿说,不吗!就咯咯地笑。嘴唇像印章一样在男孩儿脸上戳。

男孩儿的手在女孩子的细腰处都走了三年,却一直没有走下去过。这多多少少让男孩儿的心里有些失落和不快。

有一次,男孩儿和女孩儿开玩笑说,你这个人呀,啥都好,就是……

女孩子说,就是什么?

男孩儿就嘿嘿地笑,一脸坏坏的表情。

女孩儿说,你说呀,是什么?你要是不说,我就不理你了!

男孩儿说,就是不厚道。你总是将人家的火烧起来的时候,又给人浇凉水。真的不厚道。

女孩儿愣了半天,才明白男孩儿话里的意思,脸上漫过一团红云,说,你看你个小样儿,坏死了。

男孩儿说,真的吗,你看我这手都在你的腰上走了三年,三年呀,就是徒步绕地球,怕也走到头了,可你愣是不让我的手往下走一点。

女孩儿用手勾住男孩儿的脖子,在这一点上,女孩儿自知理亏,她唯一的办法就是撒娇。女孩儿说,我觉得你不是真心爱我,你只要和我在一块,就想那事。

男孩儿说,天地良心,我真的爱你。

女孩儿说,你要真的爱我,你就忍着点儿,反正迟早都是你的,不到结婚的时候,你就别想!

没办法,男孩儿就一心盼着和女孩儿早点结婚。

男孩儿已二十八岁了,他的同学和朋友中和他年龄差不多的,大多都已结了婚,有的都有了孩子。只有零零星星的几个没有结婚的,要么是没有房子,要么是有其他的原因,可他们都在外面租了房,成双入对,彼此老公老婆地叫着,和结了婚的也几乎没有什么差别。

其实,男孩儿和女孩儿早就张罗着准备结婚了。结婚这事,要说简单也简单,要说麻烦,也就够麻烦的。

第一年,男孩儿和女孩儿商量着准备结婚,赶巧女孩儿的哥哥要结婚。女孩儿的嫂子还没有过门,肚子先挺得急,这是没办法等的事。女孩儿的父母亲又都是那种老脑筋的人,说什么也不愿一年办两件喜事。他们结婚的事只能往后推。

男孩儿说,指不定明年还会有什么事,要不咱也像别人那样,悄悄地将证领了算了。或者,咱就先将就着住到一起? 女孩儿却不同意,女孩儿说,结婚一辈子只这么一次,她不能就这么不声不响地将自己嫁了,说什么也得弄个大花车好好地浪漫一把。

只好等第二年。

第二年一开年,男孩儿和女孩儿老早就开始张罗结婚的事,他们两家的父母也觉得这事是不能再拖了,也都为他们的事跑前跑后地忙着,可是,结婚的东西备办齐全了,他们却还是不能结婚。男孩儿的父亲出事了,男孩儿的父亲本来是想为他们的婚姻添砖加瓦的,没想到一场车祸,把自个儿的老命添进去了。

办完男孩儿父亲的丧事,男孩儿和女孩儿抱着头狠狠地哭了一场。男孩儿哭出了一脸的疲惫。

男孩儿对女孩儿说,父亲不在了,婚暂时又结不成,他说他想到别的地方散散心。当然,还有一个原因是,为父亲办丧事,已将他们筹备结婚的钱用了,他也得去找点挣钱的路子。

女孩儿不想让男孩儿离开她,她扑进男孩儿的怀里哭。

你个小样儿呀,你就忍心让我一个人……夜夜想你?

男孩儿有点动摇了,他的手缠绕在女孩儿细细的腰上,他想,只要女孩儿让他的手往下走了,他就不走了。

可是女孩儿还是不让他的手越雷池半步。

男孩儿狠狠心,就走了。

男孩儿这一走就是半年。在这半年里,女孩儿几乎一天一个电话,女孩儿依旧小样儿小样儿地骂。慢慢地,女孩儿已从电话里能感觉出来,男孩儿的心里又开始有了一片一片的阳光。

半年后的一天,男孩儿回来了。

那天晚上,女孩儿去看男孩儿,还没进门,女孩儿就听到一个很甜的声音在和男孩儿讲话:

你个小样儿,你看她长得多好看,你怎么就忍心丢了她和我好?

男孩儿说,也许这就是命吧,如果那时她像你一样,让我这只在她那腰上走了三年的手,再往下多走一步,我就会不对你负这个责任了。

小　麦

马勺做梦都没有想到,他和小麦能在后村意外相遇。

那天,公司让他给后村6排12号三楼的一个用户送水,当他掮着一桶纯净水站在6排12号三楼的那扇门前,敲了半天门,竟然没有一点动静。马勺想,我是不是跑错地方了?就在他准备下楼时,门开了,一个男人从门里闪了出来,没等他看清模样,咚咚的脚步声早就响到楼下去了。

马勺连忙将头探进屋里,想弄清要水的是不是这家,一抬眼,不由得愣在那里了。

他看见那个头发有些零乱,仿佛才睡醒的女子竟然是小麦。

马勺有点惊,又有点喜。

他说,小麦,原来是你?

小麦在那一刻显然也认出了眼前的人是马勺,一丝慌乱像一只受了惊的鸟,飞上了脸颊。

小麦说,水龙头坏了,老是滴滴答答地滴水,刚请人修了一下。

马勺把那桶水装上了饮水机,抬眼看了看屋子。屋子虽然不大,却收拾得十分干净。他站在屋子中间,看着面前的小麦,竟有些不知所措。

他说,以后要收拾什么东西,捐米捐面换煤气了,你就给我说吧。

马勺就将他的手机号码写在了一张纸上,走了。

马勺走了,心却留在了后村,给用户送水的间隙,他总会情不自禁地想起小麦来。

马勺就翻出小麦留给他的电话号码,给小麦打电话。

马勺问小麦的水喝完没有,他说如果喝完了,他就再送一桶过来。

小麦便在电话的那一头咯咯地笑。马勺就问小麦笑什么,小麦说,你以为我是一头水牛呀!一打电话就问我的水喝完没有。

马勺本就是没话找话,他只是想和小麦找个说话的机会,听了这话,一时紧张得不知说点啥好了,就在电话里喘粗气。

喘完粗气,马勺才鼓起勇气说,小麦,你有空了,我请你吃饭。

马勺果然将小麦约出来吃了几次饭,可每次小麦都是匆匆忙忙的样子。有两次,他们的饭还没有吃完,小麦突然接到一个电

话,就急急地走了。马勺虽然心里有些不高兴,可也没得办法,谁叫他喜欢上了小麦呢？当然,下次再见面时,小麦的一声对不起,再撒个娇,一切的不愉快总会烟消云散。

也有悠闲的日子,这样的时候,吃完饭了,小麦就会挽着马勺的胳膊,到后村的那片小树林里去。

后村的后面,是一片小树林。

现在的城里人谈恋爱,都是去茶馆、咖啡馆。他们讲究的是情调。而后村里住着的都是外来人口,外来人口讲不了情调,总也得有点情趣吧,于是,他们谈情说爱,就到后村后面的那片树林子里去。

夜晚的小树林,到处都充满着浪漫的气息。

树林的树梢上悬着月亮,草丛里有虫鸣声。

小麦是个浪漫的女孩儿,她喜欢看着月亮不厌其烦地让马勺说他爱她,她喜欢双手吊着马勺的脖子让马勺拎着她旋转,有时,马勺在树丛中掐一把野花送给她,都能让她流上半天的泪。

黑夜,将他们的烦恼遮盖得一干二净。

但更多的时候,他们一走进小树林,小麦就会让马勺在草丛里躺下来,她说,马勺,我想在你的肩上靠一靠。小麦将头枕在马勺的肩膀上,竟会没来由地哭起来。

好好的,怎么就哭了呢？马勺不明白,问小麦是不是他哪里没有做好？

小麦什么也不说,只是哭。直到她哭够了,哭得觉得没意思了,她会突然在马勺的脸上亲一口,嘿嘿地笑一声,一切又恢复如初。

爱情,除了浪漫,还有它现实的一面。马勺和小麦的爱情也是这样。当马勺和小麦越走越近时,马勺对小麦的感觉却是越来越陌生,他们的爱情似乎只能停留在那片小树里。在小树林里,小麦总是柔情万种,可一旦走出那片小树林,小麦似乎就完全变了一个人,她守身如玉,绝不让马勺越雷池半步,除了那次送水,小麦再也不让马勺去她租住的那个房子。马勺一次次地问,这是为什么,小麦只说一句,以后会明白的。

一天,马勺给人送完水,突然有一种想见小麦的强列愿望。他打小麦的手机,怎么也打不通。他担心小麦出了什么事,就直接去了她的出租房,他站在小麦的门前,敲了半天门,门才打开一条缝。当小麦探出头看见是马勺时,突然就变了脸色,她说,我说过不让你到这里来的,你凭什么来?说着就砰的一声关上了门。

之后的好几天,他们都没有给对方打电话。那一扇门好像真的把他们隔开了。

僵局最终还是小麦打破的。那天,小麦给马勺打来电话,她一边撒着娇,一边给马勺赔不是,末了,她还第一次正式邀请马勺晚上到她租住的房子那儿去。

马勺冰封了几天的心,开河了。

晚上,当马勺怀着激动的心敲开小麦的门时,一个鲜亮的小麦站在他的面前,小麦显然是经过精心打扮了的,妩媚又不失清纯。小麦见到马勺,一下扑进了他的怀里,她的双手吊在了他的脖子上,一双脚钩在了他的腰上。当门关上的那一刻,小麦一伸手拉灭了屋里的灯。

小麦对马勺说,这屋子里有两扇门,两扇门的后面是两份不同的礼物。两份礼物马勺只能得到一个,马勺打开那扇门,今晚她就把那扇门里的礼物送给他。

马勺在黑暗里抱着小麦,像袋鼠一样摸索着,终于,他摸到了一扇门,当他推开门的时候,耳边突然响起了生日歌,是小麦的手机里传来的。随之,他看见,房子里的桌子上摆着一只大蛋糕,蜡烛早已点燃。马勺这时才猛然想起,今天是他的生日。

这天晚上,马勺和小麦在这间温馨的小房子里,喝着红酒,吃着蛋糕,先前发生的一切不愉快都一扫而光。

小麦还是像先前一样,将头靠在马勺的肩膀上哭了个痛快。

马勺在要走的时候,才突然想起另一间房子里,小麦还准备了一份礼物,他问小麦,那间房子里是什么好礼物,小麦笑了笑,说,你明天来看吧。

第二天,马勺早早就去了小麦那里,他站在那里敲了好长时间的门,没有动静。这时,一个老太太来到他跟前,老太太问马勺是不是叫马勺,马勺说是的。老太太就将一把钥匙递给他。老太太说,小麦走了,她说你要住这房子,她让我把钥匙给你。

听了老太太的话,马勺的心不由得一沉。他赶紧打开门,拿出手机打小麦的电话,可电话已经关机。

他不明白小麦怎么说走就走了?

他打开昨天晚上没有打开的那扇门。房子里是一张双人床,两套睡衣整齐地摆放在枕头边。

马勺想在屋子里找一找,看有没有小麦留下的纸条,却什么也没有找到。

马勺还是在给人送水,他一有时间就拨打小麦的电话,可电话始终打不通,直到最近,那串他熟悉的号码变成了空号。

马勺就拼了命地给人送水,他想,也许有一天,当他敲开一扇门时,里面走出来的人就是小麦。

米

工地上是没有电视的,打扑克牌又都吝惜钱,晚上躺在床上没事可干,大家伙就讲段子来消磨无聊空虚的时光。都是男人,都是结过婚的,女人在遥远的乡下老家闲着,男人在这边熬着。荤段子能让他们在睡觉时,重温起在老家时和女人在一起温存的一些细枝末节。这样的日子,把过去的夫妻生活翻出来复习复习,也是很有意思的。

小东最喜欢听大伙讲段子了,说说笑笑干起活来就不显得那么累。每次别人把段子一讲完,他就嘎嘎地笑,一副没心没肺的样子。

有一次吃饭时,一个工友讲了一个段子:说一个男人深夜回家,当他敲开门时,发现女人神情有些慌乱,男人心生疑窦,一抬头发现门背后蹲着一只口袋。男人就走上前去踢了那口袋一脚,问女人口袋里装的是什么,女人一听这话,吓得要命,哆哆嗦嗦还没开口,就听见从口袋里传出一个男人的声音:米。

笑话一讲完,大家全都笑得前仰后翻地喷了饭。有人就对小东开玩笑说,小东呀,快回家看看,你家门背后的袋子里有没有米。小东结婚时间不长,媳妇长得又漂亮,大家就喜欢拿他开玩笑。

小东端着碗坐在一块砖头上,笑得正得意呢,听大伙这样开他的玩笑,那笑就一下子僵在了脸上,不知怎的,心里就毛毛的,慌慌的,好像踢那口袋的男人就是他似的。晚上睡觉躺在床上,大家伙依旧讲段子,小东却像掉了魂,那只口袋就好像是只蚊子,在他的脑子里嗡嗡地飞来飞去,挥都挥不去。

小东媳妇的漂亮,在他们村子里是远近闻名的。刚结婚时,小东只要一转身,就会有男人涎着脸找各种借口到他家去和他媳妇搭讪,黏黏乎乎的样子,眉眼全是色眯眯的。小东媳妇不管什么样的男人,只要和她搭腔,她都和他们有说有笑的,有时还和小东一样,笑得嘎嘎的,样子显得极为轻浮,弄得小东心里老不高兴。有几次,小东指东说西地提醒他媳妇,意思是那些臊男人都是黄鼠狼给鸡拜年,没怀好意的,都是想来讨她的便宜的,他让她不要理他们。小东媳妇不仅没有听他的话,反倒说他是小心眼,"都是左邻右舍的,人家和你说话你能不理人家?再说了,青天白日的,不就是说说话嘛,还能做了什么?"因此,小东的心里不舒服也只能不舒服着,特别是他刚进城的那些日子,他总是有些不放心,他怕他不在家时会有别的男人趁机钻他的空子,割他的鞋耳子。好在村子里的男人大多都和他一起进了城,留在村子里的全都是些老弱病残。这才让他放心了不少。

没想到,突然的一个笑话,让小东放下去的心忽悠一下子又悬了起来。小东扳起指头算了算,他离家都半年时间了。回一趟家得好大一笔开支,工友们都舍不得花这个钱,小东当然也是舍不得的。但这一次,小东觉得无论如何得回一趟家。他一再说服自己,这次回家与那个关于"米"的故事没有一点关系,可一路上坐火车,倒汽车,那只口袋却折磨了他一路。

小东走进村子里时,已是晚上十一点了。乡村的夜是如此的安静,静得连一声狗的叫声都没有,静得小东都能听见自个儿的心突突跳动的声音。小东站在自己的门前,手一次次抬起,又一次次放下。他真不知道这扇门打开时会有怎样的事发生,有一刻,他甚至想干脆转身回城算了,但一种强烈的好奇心折磨得他的手都有些发抖了。

"咚咚咚。"

小东最终还是用他发抖的手敲响了面前那扇门。

"咚咚咚。"

小东拼命地想记起他媳妇的模样,可他媳妇的模样却是越来越模糊,倒是那只无形的口袋越来越清晰。"米",多么愚蠢的回答呀!

"咚咚咚。"

小东敲门的声音,在这寂寥的夜里显得是那么响,让人听起来都有些心惊肉跳。

过了好久,小东终于听见一阵踢踢踏踏的声音响起来,零乱而又惊慌的样子。又过了好久,门里的灯亮了,一丝光亮从门缝里射出来,刀子一样把眼前的黑夜剖为两半。

"谁呀?"小东媳妇的声音和着门的吱呀声一起向小东扑了过来。

门开处,小东看见他媳妇一张吃惊的脸。

"你怎么回来了?"

小东还没来得及回答,就觉得一个热乎乎的肉团扑进了他的怀里。

"我想死你了!"小东媳妇说着,一双手就蛇一样缠住了小东的脖子。那两只暄软的奶子在小东的胸前更是缠绵得厉害。要是放在以前,小东怕是早就热血汹涌了。可这一次,小东满脑子都是那只口袋。当他抱着他的媳妇像袋鼠一样站在那里的时候,他还是很冷静地拧过了头向门后看去。小东的目光在门后逡巡了一圈又一圈,那里除了几把锄头以外,什么也没有发现。小东有些不甘心,他又过细地看了一次,还是什么都没有。

"小东,你怎么丢下我一个人,一走就是这么长时间?你知道我有多么想你吗?"

小东媳妇将脸贴在他的脸上,一说话,那温热的气流,像水一样顺着他的脖子,一直沿着后背朝下滑去。他觉得心里也是暖暖的。

小东说,"我也想你。"他觉得他有些对不起他媳妇,就将头低下去,他把他的唇紧紧地压在了他媳妇的唇上。他甚至连门都顾不得关,就这样迫不及待抱着他的媳妇,向他们的卧房走去,然后把她扔在了床上。

小东在家里只待了三天,城里的工地上就打来了电话,让他赶快回工地。小东有些恋恋不舍,可又无可奈何。

临走的前一个晚上,小东看着怀里缠绵悱恻的媳妇,一时兴起,就笑着说,我给你讲个故事吧。小东就把工友讲的那个段子给他媳妇讲了,他还以为媳妇听了这段子会笑得花枝乱颤的,没想到她却稀里哗啦地哭了起来。

一 墙 之 隔

岛的个儿不高,长得瘦不拉几的,像薄土里长出的竹一般。平素,岛少言寡语,常常一个人闭了门坐在房间里拉二胡。岛的二胡拉得很好,弓法娴熟细腻,情感真挚饱满,只是那曲儿调儿一色儿凄楚哀怨,让人听了老想抹泪。

后来学校里调来了竹,竹是个文静腼腆,又极尽可人的女孩儿。

竹刚调来学校的那会儿,学校住房紧张,校长找岛谈过几次话之后,就请人用土坯将岛原先住过的那间房一分为二,隔成了两个小间。岛住一小间,竹住一小间。岛虽然觉得这种住法有许多不妥当和不方便之处,却也无可奈何。"谁叫我还是单身呢?"

岛依旧拉他的二胡。不过,自竹住到他的旁边后,岛手中二胡流淌出来的曲儿调儿,不再像从前那么惆怅、那么忧愁了。更多的时候,调儿都极尽优美,极尽抒情。

一垛土坯墙,虽然隔断了视觉,却是隔不断听觉。竹每每听到岛在房间里拉二胡,心就随了乐声而去,动情时,禁不住也随二胡的曲儿哼唱几嗓子。岛听见竹和了自己拉的曲儿唱歌,二胡就越发拉得动听了。

慢慢地,岛手上拉着二胡,耳朵里却没有了二胡声,满是那竹的唱歌声。

岛开始喜欢上了竹。

岛喜欢上了竹,就再无心拉二胡了。二胡传情却不能表情。

之后的一个个夜晚,岛就一个人躺在床上,静心地听竹在墙那边弄出的各种声响。任想象插上双翅,穿越漆黑的夜,穿越厚厚的土坯墙,去浪浪地膨胀。

岛觉得,竹在她房间里轻轻地走动声,柔柔的出气声,以及洗澡时把水撩出的哗哗声,在床上不安的辗转声,都令他心动,令他牵肠挂肚。岛一次次想找机会把他对竹的思念说给竹听,然而,一旦见了竹的面,他的目光马上就萎缩了。他的一举一动全都乱了方寸。他缺乏这种勇气。他对竹的爱暂时只能在心里。

而竹呢，没有了岛的二胡声，心就像被谁掏去了般地空落，她一个个夜晚都在焦躁不安中度过。可墙那边的二胡声却再没有响起。她不明白岛是因为什么不再拉那把二胡。是弦断了？是弓坏了？抑或是其他什么原因？竹想，如果岛的二胡声再响起，她一定让岛拉一首情歌，她要用歌声去给岛一个暗示，她喜欢岛。

然而，好像是有意和她过意不去，墙那边的二胡声却再没有响起。

转眼过去了一个学期，这个学期，岛几乎每个夜晚都是在想着竹的一颦一笑，听着竹弄出的各种声音中度过的。岛恨自己怎么就没有男儿的胆量！

岛终究有些耐不住了。耐不住的岛一遍遍地在心里恨自己，又一遍遍地鼓励自己。末了，岛就想，何不想个法子试探试探呢？

于是，从某天夜里开始，岛开始早早在躺在床上去睡觉。岛躺在床上，脑子却异常清醒。竹在房里改作业，笔画在纸上的声音，他都听得清清楚楚。岛就装作一副睡意蒙眬的样子，又是磨牙，又是打呼噜，还故意翻身把床弄得吱吱作响。然后，他圆睁着双眼，开始说"梦话"。岛的梦话说的全是如何爱竹之类的内容。岛一边说着梦话，一边竖起双耳倾听竹在墙那边的反应。

以后的每个夜晚，岛都是这样，他不相信感动不了竹。

一个一个的夜晚过去了，一个一个的夜晚岛说着梦话。岛爱竹爱得更加热烈。

又是一个十分寂寞、十分无聊的夜晚。岛刚刚躺在床上，就听到墙那边传来了一个既熟悉而又陌生的声音。"是谁呢？"岛搜肠刮肚，在记忆中找了好久，才想起，那是乡上那个副乡长——一个长得很丑又很自负的男人。

岛的梦话于是从这个晚上开始消失。因为从这个晚上开始，他几乎天天都能听见乡长在竹的房间里说话的声音。

岛又开始拉二胡了。二胡的声音如同在秋天的淫雨中泡过一般,好湿重。

竹在岛的二胡声中与乡长结了婚。

日子又平淡地过去了一年。

这一年里,岛依旧拉他的二胡。

后来的某一天,岛一心一意拉那把二胡时,突然听见墙那边传来了隐隐约约的哭泣声。声音不高,却极为伤心。

是竹在哭泣。

岛这时才忽然想起,那个乡长好久没有回竹那里了。乡长与竹结婚后,几乎天天都喝得稀泥烂醉方才回来。回来后,不是哇哇地呕吐,就是恣意詈骂竹。有时还一意孤行地要与竹做那事。竹若不依他,他就会拳脚相加。竹常常鼻青脸肿地去给学生们上课。岛每每见了,比自己挨了打还难受。

这天夜里,二胡弦"嘣"的一声在岛的手里断了。

第二日夜里,岛忽然又说开了梦话。他骂自个儿是个胆小鬼,悔自个儿当初不该未将话挑明,他骂乡长是个畜生都不如的禽兽。岛只是想帮竹出出气,没想到,当他泪流满面地骂完这些时,墙那边竟然传来了竹的声音。竹说,岛,你骂有什么用?悔又有什么用?我知道你是爱我的,那时,你每天夜里都在为我说着梦话,我是天天等着你将梦中说的话能在青天白日当我面说一遍呀,可你那时为什么就不说呢?

这个晚上,岛一夜没合眼,他知道竹一夜也未合眼。一堵墙隔着他们,竹没再说话,岛也没说话。

第二天,岛找到了校长,岛与校长说了什么,无人知道。过了两天,岛就搬出了那间房。

岛自己掏钱在学校的外面租了间民房，每天，岛按时来学校上班，按时下班，没人知道岛是否还拉不拉那把二胡。

活 着 好

男孩长得很清纯，文文静静、秀秀气气的，像个大姑娘，很讨人喜欢。

男孩是单位的小车司机，大家都知道，小车司机虽然不带什么长，但手中也是很有权的。因此，男孩在单位里上上下下的关系都处理得得心应手、左右逢源。单位里的姑娘都把男孩当作自己心中的白马王子，有事无事，总爱找各种借口来和他套近乎：或是让他出差带个什么东西，或是找机会去坐他的车。男孩呢，对女孩的这些举措，似乎没有一点察觉。或是察觉了故意揣着明白装糊涂，他只是一往情深地去追单位那个漂亮的女秘书。

女秘书长得确实漂亮，又上过大学，且已有了男朋友。单位里人都觉得男孩有些自不量力，不讲实际，想法太荒唐，但男孩却并没有感到他和女秘书之间有什么差别，他说，他完全可以和那个男孩子公平竞争。他很自信，一副成竹在胸的样子。

男孩没上过大学，开了几年车，甚至连上高中时老师教给他的那半瓶墨水也都返还给了老师。男孩谈恋爱就遇到了问题。打死他也写不出一句有点色彩的恋爱信。男孩更不愿意让女秘书看扁了自己，就买了烟酒去求人。单位工会主席的老公是个小有名气的作家，整天把自己关在屋子里写小说。男孩就去叩响了他的门,作家平时出门办事坐过男孩不少次车。烟酒没收,信却写了,作家把写信当作写小说、散文那样认真,写得很抒情、很打动人。但信寄出去一封又一封,却如泥牛入海。男孩再去找作家写信时,作家忍不住就劝男孩:"天涯何处无芳草,何必在一棵树上吊死。"男孩听了就潸然泪下,说:"我是不会爱第二次的人!"这话说得作家也心里怪不好受的。

信打动不了女秘书的心,男孩索性就不再请作家写信了。他干脆直截了当地去找女秘书谈,谈过几次自然没有什么好结果,男孩就很懊丧,回到家里便独自一个人喝闷酒。男孩以前是不喝酒的,他听说喝酒能消愁,可不想,愁消不了,人却醉了。人一醉,过去压在肚里的那些陈芝麻烂谷子的事就往外冒。大话牛话就嘟噜嘟噜往外撂。男孩就说:"等着瞧,她活是我的人,死是我的鬼。"男孩说这话时,完全失去了他那本来文静秀气的面目。直到这时,单位里的人才发现男孩变得有些可怕了。

男孩说这话不久,话就传到许多人的耳朵里。领导知道了,女秘书也知道了。一时单位里传得沸沸扬扬。

男孩有好多朋友,男孩的朋友听男孩说这话,怕男孩想不开真的弄出什么事,就去找男孩的领导帮忙化解。领导对恩恩怨怨的情啊爱啊只能束手无策。朋友只好去劝男孩,天下好女子多的是,何必为一个女子发狠赌誓、争争斗斗的?男孩说,我说过了的,她不嫁我,也不想嫁别人,我和她生不能在一块,死在一块总行!男孩说了,依旧不折不挠地去追女秘书。女秘书就怕了,她相信一个对爱如痴如醉的人,是会做出傻事的。她就写信给她的男朋友,要他快点想个办法,帮她解脱男孩没完没了的纠缠。

办法有了。女秘书就去找领导,领导听了女秘书的话,就派男孩出了趟远门。

十天后,男孩回来,女秘书和她的男朋友已结了婚。大家都担心男孩会闹出什么事来,可男孩没有。他只是沉默寡言地开车,像什么事都没发生过一样。

这样过去了半年,男孩又变成了先前的男孩,有说有笑,十分活跃了,并且又如痴如醉地爱上了另一个女孩。后来,男孩就和那女孩结了婚。婚后小两口的日子过得甜甜美美的。男孩的朋友们这才总算放心了。一次,男孩的朋友半开玩笑地对男孩说,那时,看你那架势,我们真担心你会干出什么傻事呢。男孩笑笑:干吗要干那傻事,活着多好!

醋缸边的女人

我在鹤城工作的时候,没事了总爱到背街去转。背街是条老街,石板街,木板门,房子都是带了戏楼的那种,样子很是古老。在背街做生意的都是鹤城的老住户,生意也是小本生意,而且这一家和那一家经营的品种是绝对的不一样。小百货商店卖的都是针头线脑之类的小东西,比如顶针、针夹子、别针、发卡、皮筋、小圆镜之类的。杂货铺分两类:一类是卖铁器的,诸如刀子剪子铁锹火钳钉子火盆之类;另一类则专门卖碗呀酒盅呀盘子呀夜壶等。

要说气派,还是那卖酱油醋的,一开门,一边蹲一口大缸,有半人那么高,买酱油醋的小孩踮着脚也够不着缸沿。

那个叫麦月的女子时常就是靠在醋缸边嗑瓜子,她总是翘着兰花指,将瓜子一粒一粒地送进小嘴里。她的小嘴是抹了口红的,口红的质地并不太好,从她嘴里吐出的瓜子壳就有了隐隐的红色。

麦月靠在缸边嗑瓜子的这种样子很好看,妖妖的,媚媚的,骚骚的,那烟视媚行的样子很是招摇,也很勾人。

现在我要说的是我的朋友老成。我的朋友老成是个摄影家,在省城是很有些名气的。他到我们鹤城来采风,天正下着雪,我就将他带到了背街。

老成是见过世面的,啥样的女人没见过?可当他见到那两口装酱油醋的大缸,以及靠在缸边嗑瓜子的麦月时,就跟一捆干柴见了火似的,浑身上下蹿出的都是火苗,看东西的眼神也有些飘忽起来。

那天的雪下得并不怎么大,街面上只落了薄薄一层,也不知是怎么搞的,平平的街道,老成走着走着,脚下一滑,竟然一跤摔在了地上。

麦月正在嗑瓜子,见此情景忍不住突然笑了起来,从她嘴里喷出的一个瓜子壳,竟然像一只蚊子一样飞了过来,正好就贴在了老成的鼻尖上。老成倒也镇定,他从地上爬起来,一边用手抹掉脸上的瓜子壳,一边对麦月说,佩服佩服!我一个饿狗吃屎的动作竟然也没能躲过你飞来的暗标!既然如此,请允许我拍几张照片以示纪念吧。

老成的幽默,立马将自己从困窘中解脱了出来。

麦月咯咯地笑得更厉害了。

老成趁此机会,赶紧取下肩上挎着的相机,一口气就拍了三卷胶卷,还意犹未尽。

老成和我回到家里,那身上的火气还没有下去。大冷的天呀,他竟然兴奋得满脸红光。他一边吃饭,嘴里还一个劲地说,太美了,真是太美了!

我说,老成你是不是被那个妇女同志迷住了?我告诉你,那可是一个烧红了的火炉子,你是动不得的。

老成愣了一下,说,扯淡呢。

当天晚上,老成在暗室里鼓捣了一夜,将那些胶卷冲了出来。老成看着那些照片,只是在不停地发呆。

我想,老成是真的被麦月迷住了。男人嘛,都是热爱生活的!

老成到鹤城来时,是准备待一段时间的。可是,当那天他拍的那些照片洗出来后,老成却突然对我说,他要回省城。

老成就走了。老成就跟中了邪似的走了。

老成走的第二天,我才发现,大概是他走得匆忙,竟然将一架相机的闪光灯丢在了我这里,我便给他家里打电话,可电话打了一天,就是没有人接,打他的手机,却是关机。

大约过了两天,晚上十点多钟,我突然接到一个电话,是老成打来的。老成说他出事了,让我赶快带5000元钱到大马宾馆去救他。我说,老成,你不是回省城了吗?老成带着哭腔说,你先别问了,你来了再说好吗?

见到老成时,他正低了头坐在宾馆的床上。背街派出所的那个一口黑牙的郑所长坐在他对面的沙发上,他的手上夹着一支烟,一脸牛气哄哄的样子。

老成现在的样子很是狼狈,一向衣冠楚楚的他,身上的衣服的纽扣儿竟然扣错了位。在他们身后的床上,被子零乱地堆在那里。一只很大的乳罩被丢在床头柜上,仿佛是一只金鱼瞪着一双垂死的眼。

他们两人显然有好长时间没有说话了,两双眼睛全都呆呆地盯着床头柜上的那只乳罩。

背街派出所的那个郑所长早有些不耐烦了,我一进门,他就从我手中接过了那5000元钱,说,再让我碰上,就没这么便宜了!说完,他就匆匆走了。

后来我才知道,那天,老成其实根本没有回省城。他偷偷地在背街附近找了一个宾馆住了下来。老成在见到麦月的那一刻就对她动了真心思。

老成却没有想到,让我给说对了,麦月真的是一只烧红的火炉。当他用他的那些照片和甜言蜜语将麦月诱到宾馆时,背街派出所的郑所长早已盯上了他。老成怎能想得到,对于麦月,郑所长也是一捆干柴。

老成的出事就是理所当然的了。

出了事的老成,人一下子蔫了,好好的一个人,就像被人抽了筋剥了皮似的。我是好说歹说,老成终是那副要死不活、暗无天日的样子。

我想带老成出去散散心,老成死活都不愿意出门。他说,真是丢死人了!我真的有些火了,找出一把刀,扔在了老成的面前。我说,老成,就这球大个事,你要是不想活了呢,这有一把刀。你要是还想好好活的话,你立马跟我出门。你不要以为你在省城有点名气就不得了了,你现在是在鹤城,在鹤城没人认识你,你丢啥脸?你信不信,在你们省城,要不是有警察,我敢在钟楼前撒尿!

老成见我火了,硬着头皮和我出了门。

这一天,我带老成去了许多地方,见了我的好多朋友,每见到一个朋友,我就有意将老成介绍给他们。最初,老成还有些不好意思的样子,慢慢地,当他发现我的这些朋友对他并没有太多的关注时,他的脸上渐渐有了笑容和自信。

那天晚上一回到家里,我就问老成,我说,老成,怎么样?

老成说,我操!

说着,我们两人就不由自主地笑了起来。

出　　手

　　钱科这个名字听起来怪怪的,好像以前作奸犯科,干过坏事似的。大凡做人,你不干好事没有什么,但你千万不能干坏事,人一旦失手做了坏事,就跟脑血栓患者一样,必定会给你以后的生活留下许多后遗症。周围人看你的眼睛都是白多黑少。

　　钱科三十多岁了还没有对象,算不上坏事,可也不能说是好事吧。

　　要说,钱科这人还真是个好人(我可以对天发誓,钱科从来没有干过坏事)。无论其家庭条件还是自身条件也都相当不错。我认识钱科的时候,他才二十多岁,那时候,他的身边也总是有许多女孩子围着他转,生生的贾宝玉再世。叫人看了眼珠子都巴巴的。可不知是怎么搞的,那些女孩子个个都像走马灯似的来,和他一起喝过几次茶,看过几次电影或是泡过几次酒吧,又都泥鳅一样地从他身边溜走了,连声拜拜都不说。钱科就像一个传授爱情的老师,送走了一批批学生,就这么一晃,三十多岁了,自个儿还是钻石王老五一个。

　　有一段时间,我准备将我的一个同事介绍给钱科,可我一时又有些吃不准,就找到我的一个远房表妹,我的这个远方表妹以前和钱科谈过对象,我问她,钱科这人怎么样,我的表妹将喝咖啡的勺子戳在嘴边想了半天,才红着脸说,你说的是那个浪漫得像娘们儿一样的男人吧!

这话听起来就别扭,再想从我那表妹的嘴里掏点具体的东西,可她怎么的也不再开口了。

我那同事也是一个钻石王老五,以前心性太高,把婚姻给耽误了,现在想来也没有什么太高的要求,反正两个人闲着也是闲着,还是让他们见见面吧。

见面的地点仍选在一个茶馆里。

两个人见了面,都不约而同地愣了愣神,我想这次是有戏了,八成是两人一见钟情了。可喝过几杯茶后,两个人就是没有一点来电的意思,就散了。

第二天,钱科给我打来电话,钱科说,你看这事弄的!我问什么事,钱科说,昨天见面的那个女孩儿。我说,那女孩儿怎么了?钱科说,半个月前,别人已介绍我和她见过面了。

我在电话里笑了起来,这事还真有些意思,两个人没出半个月互相相过两次亲,不是这个世界太小了,就是他们太有缘了。

钱科自然是有些不好意思,可我能感觉得出来,钱科对那女孩儿是有好感的。我就对钱科说,恋爱就是恋爱,别再玩那狗屁浪漫了。你就别老带人家去茶馆里,茶馆那地方是公众场所,是不便于肌肤之亲的,男人和女人肌肤之亲来电比啥都快。都老大不小了,玩点实在的,不是有句话叫什么来着?对,该出手时就出手。

钱科终归是钱科,这之后,钱科频频打电话约那女孩儿,最初,女孩儿还有些扭怩,渐渐地,我们听到女孩儿的笑声里都有了枯木逢春的气息。

大约过了一个月,一天晚上,钱科突然给我打来了电话,我一看表,已是晚上十一点多了。我问钱科这么晚了打电话有什么事?钱科的声音压得很低,他说,出事了。我一听这话,脑子里嗡地响了一声,我想,钱科这么晚了打电话说出事了,这事肯定与那个女孩儿有关。

果然不出所料,钱科说,他现在是躲在他家的卫生间里给我打电话。我说,是不是有歹徒打劫?自个儿待在自个儿家里还有必要东躲西藏的?钱科说他晚上喝多了酒,不知怎么就没有控制住自己,强硬地把那个女孩儿那……那个了,"本来我向人家求婚,人家一直就没有答应,这下可怎么办?"钱科说着说着,竟然吓得抽泣了起来。

一听是这事,我心里的一块石头就落在了地上。我说,钱科,你小子的酒醒了没有?钱科说,哪儿还有酒呀,早吓没了。我说,那好,你小子现在就打开卫生间的门,你给她倒一杯水,再将她紧紧地抱在怀里。说完,我关了手机。

话虽是这么说,可我还是些担心。第二天,我早早就去了单位,我想,那女孩儿要是来上班了就不会有什么大事,如果女孩儿不来上班,那这事可就悬了。

我的担心真有些多余,女孩儿不仅来上班了,一点也看不出被人强暴过的样子,而且整个人看起来好像是被雨露滋润过了一般。下午快下班时,女孩儿打了一个电话,过了不长时间,我从窗户看出去,果然见钱科在我们办公楼对面的一棵树后向我们办公室的门口探头探脑。下班了,我看见那女孩儿走下楼,走过街道,一直走到那棵树前,她一见到钱科,就像一只小鸟一样扑了上去,几乎整个人都吊到钱科的胳膊上。

那年五一节,钱科和那女孩儿结婚,在婚礼上,有朋友起哄,要钱科给大家介绍介绍恋爱经验。钱科这人忒老实,他想了想,就说出了两句话:谈恋爱这事真奇妙,出手时机最重要。后来,不知是谁又给中间加了两句,就成了:谈恋爱这事真奇妙,男人见面想拥抱,女人其实假害羞,出手时机最重要。这个段子后来又通过手机短信互相传递,在我们鹤城流传了很久。

一 只 鸟

每天清晨走进公园时,他总要在那位盲眼老头面前徘徊好久好久。盲眼老人是遛鸟的,一手拄着拐杖,一手提着只精致的鸟笼,笼里养着一只他叫不上名的鸟儿。鸟儿好漂亮,一身丰泽的羽毛油光水亮;一只乌黑的眼珠,顾盼流兮,滚珠般转动着。特别是鸟的那叫声,十分悦耳。更重要的是,那只鸟有一个令他怦然心跳的名字——阿捷。每次,盲眼老人用父亲喊儿子般亲昵的口气"捷儿、捷儿"地叫着那鸟儿,教那鸟儿遛口时,他的心就像发生了强烈的地震一般,令他不安。

他是个很古板的老头。退休这么长时间,除了每早来这公园里溜达溜达外,不会下棋,不会玩牌。对莳弄花儿、草儿,养个什么狗儿、鸟儿的也几乎没有一点儿兴趣。但自从他发现那个盲眼老头养的那只叫阿捷的鸟儿之后,他就从心底生出了一种欲望——无论如何也要得到这只鸟儿!

有了种强烈的占有欲,之后的日子,他就千方百计去接近那个盲眼老头。盲眼老头很友善,也很豁达。他几乎没有费什么力气,就和他成了很要好的朋友。

他简直有点喜出望外。

盲眼老头孤苦伶仃一个人。每天早晨他便很准时地赶到公园去陪老头一块遛鸟。他把盲眼老头那只鸟看得比什么都贵重,隔个一天两天,他便去买很多很多的鸟食,送到老头家去。他和老头一边聊着天,一边看鸟儿吃着他带来的食物,常常就看得走了神,失了态。好在这一切,那盲眼老头是看不见的。

有一天,他终于有点按捺不住了。他对盲眼老头说,让盲眼老头开个价,他想买下那只鸟。尽管他的话说得很诚恳,可盲眼老头听了他的话,先是吃了一惊,继而摇了摇头:"这只鸟儿,怎么我也不会卖的!"

"我会给你掏大价的。"他有些急了,"万儿八千,你说多少,我掏多少,绝不还价。"

"你若真的喜欢这种鸟的话,我可以托人帮你买一只。"盲眼老头说,盲眼老头的态度也极为诚恳。

"我只要你这只!"

可是,不管他好说歹说,盲眼老头还是不卖。他打定不到黄河心不死的主意,又去和老头交谈了几次,老头仍是那句话:"不卖!"这使他很失望。一次次失望,他就病了,他心里明白自己是因为什么病的。儿孙们又是要他吃药,又是要他住院,他理也懒得理。

几天以后,那位盲眼老头才得知他病了,而且知道病因就出在自己的这只鸟儿身上。老头虽然不舍得这只鸟儿,但还是忍痛割爱提了鸟笼拄着拐杖来看他。

"老弟,既然你喜欢这只鸟,我就将它送给你吧。"

躺在病床上的他,看到手提鸟笼的盲眼老人,听了这话,激动得差点掉下泪来。病也当下轻了许多。他一把握住老头拄着拐杖的手,久久地不丢。

"老弟,其实这并非是什么名贵的鸟,我买回它时,仅花了十多元钱。不过,这多年……"

"老兄,你别说了。我想要这只鸟,并没有将它看成是什么名贵的鸟。"

几天后,盲眼老头又拄着拐杖去看他,也是去看那只鸟。可是,盲眼老头进屋时,却没有听到鸟的叫声,盲眼老头忍不住了,问:"鸟儿呢?阿捷呢?"

许久许久,他才说:"我把鸟放了。"他没敢正眼去看盲眼老头。可他能想象得出盲眼老头听了这话时那种满脸诧异的样子。

"什么?你把鸟放了?你怎么可以放了阿捷呢?"果然,盲眼老头说话的声音变得异常激动。

"是的老兄,我把鸟放了,你不知道,我这一生判了几十年的案子。每个案子不论犯法的是平民百姓或是达官贵人,我都觉得自己是以理待人,判得问心无愧。现在细细回想,这一生,唯一判错的只有一个案子,当我发现了事实真相后,未来得及重新改判,他就病死在牢狱里了。我现在已退下来了,这事也没有任何人知道。可自见了你提的鸟笼和笼中那只叫阿捷的鸟儿后,我的灵魂就再也不能安宁了。老兄,我错判的那个青年也叫阿捷呀!"他说着说着已是泪水扑面而下。他发现盲眼老头听了这话,竟然变得木木呆呆的样子,那双凹下去的眼也有泪水流了出来,但他始终没有说一句话。

几年后,盲眼老头先他而去了。他作为盲眼老头的挚友,拖着年迈的身体亲手为盲眼老头操办后事。办完后事,在为盲眼老头整理遗物时,他从盲眼老头的一个笔记本里发现了一张照片。

照片上是一个身强力壮的后生。他看了照片一眼,又看了照片一眼。他真不敢相信照片上这个年轻的后生,与他记忆中的那个阿捷竟然是那样的相像。他不知道,照片上的后生真的就是那个阿捷呢,还是一种偶然的巧合。

三　　叔

这个冬天,三叔心情特别的好,他像一尾青鱼在村子里游来游去。他豁着一颗门牙,笑起来就更显出十二分的得意。

"家旺……哼!"他总是这样说。

家旺是我们村的村主任。三叔是龙,家旺是虎。龙与虎在我们村里争争斗斗了几十年,村里就村主任这个位子令人觊觎,他们都觉得自己在这个位子上更合适。三叔自从被家旺赶下台,他便一直在寻找着打败家旺的机会。按三叔的意思,家旺在这个冬天,必将走向他生命的穷途末路,败在他的手下。

这天中午,三叔在村里转了一圈,又回到了他的养鸡场。他昂首挺胸地站在一群母鸡们中间,手里握着拳头大的一枚鸡蛋。因此,每当太阳出来时,他总会眯缝着眼,对着太阳举起那枚鸡蛋。他一直想弄清这个鸡蛋是双黄还是单黄。

他就这么看着。

后来,他听见母鸡们在叫,他抬头一看,二皮子的头像一颗硕大的鸡蛋,正从门外朝里张望。

二皮子告诉他,村主任家旺出事了,家旺的儿子将他那辆大客车开到悬崖下面去了,一同下去的还有一车人。

三叔的脸上抽出一丝笑。随即,那枚鸡蛋从三叔手上脱落了,砰出一片金黄。

三叔是在两天后去医院看望家旺的儿子的。三叔带去了一份厚重的礼物,也带去了一份凌人的盛气。两人斗了几十年,三叔知道家旺是轻易斗不败的。但这次,三叔见到家旺时,家旺却软得像一片树叶,儿子的伤并不重,但家旺的精神和他那多年苦心经营的家当却随着那大客车一起翻进了沟底。因此,他见到三叔时,自己先矮下去了三分。三叔站在家旺面前,仿佛是一个好斗的拳击手突然失去了对手那样失落。

在以后的漫漫冬季里,家旺再也打不起精神。三叔似乎受了感染,也一直打不起精神。他从心底里希望家旺突然有一天能振作起来,像以前一样和他斗一斗,但他一直等到春天来临,家旺像一条死鱼一向连一个小浪花也没翻起。

三叔终于耐不住了。他在春天接近尾声时来找家旺。他对家旺说出了思考已久的想法:他准备借给家旺一笔钱,让他重新买客车跑运输。家旺没有想到三叔会这样大度,他感激得差点给三叔跪下。看着家旺那个样子,三叔叹了口气,他心里明白,他之所以这样做,只有一个希望:希望家旺能重新振作起来,像以前那样和他斗一斗,那样活着才有意思。

拐 子

拐子自小死了爹娘，孤苦伶仃，无人管教，逐渐养成了好吃懒做、游手好闲的恶习。

到了十几岁，同龄的孩子都帮爹娘打猪草、砍柴，而他终日袖着手，在村子里东游西荡。天冷了，他死皮赖脸地坐在别人家的火塘拐里，凭你怎样变脸做气，他都装着没看见。实在饿了，他便将队里的玉米棒掰几个，再弄些黄豆放在坡上用火烧着吃。

转眼拐子长到了十八岁，队长让他到队里干点轻松活。可拐子手无缚鸡之力，连点苞谷粪也供不了，气得队长一顿臭骂。

这一年，大队组织文艺宣传队，要人，队长便把拐子送了去。

拐子去了，戏文不会唱，笛子、二胡、唢呐他一样不会。宣传队长就让他跟人专门搭台子。

那一次，宣传队到陈村学大寨工地去慰问演出。搭戏台子时，拐子不知钻到哪里磨蹭去了，直到台子快搭好了，方才跑来。搭台子的人就气不过，让他将主席像镜框挂到天幕上去。拐子无奈，只好爬上桌子。主席像还未挂好，拐子感觉到脚向下一闪，就翻了下来。可那主席像却紧紧攥在他手里。

这件事，很快让公社革委会知道了。从此，拐子便红得发紫。因为他是保护主席像而被摔拐的，理所当然地被评为先进分子。宣传队再不敢小眼看他，什么活也不让他干，只让他拄着拐杖，随宣传队做报告。每次报告，他总是要说："我在摔下桌子时，第一件事想到的就是……"

半年后,村里原来从不正眼看他、长得白嫩的姑娘秀秀嫁给了他,并且给他生了五个革命后代。

那一年,村子里的土地一股脑都划到了各户。队长念他拐了腿,儿女又小没给他分地,按月分给他提留口粮。两三年过去了,村里其他人气球般肥了起来,有人还起了砖楼;而拐子家,五个孩子都到了长身体的年龄,口粮不够吃。老婆再也沉不住气了,撇下他和五个孩子跑了。拐子气得昏睡了三天。

拐子爬起来去找村主任,要按人头分地。村主任说:"你这腿,能种地吗?"

"怎么不能?老实说,我这腿根本不拐。"

"什么?"

"我这腿根本不拐!"

"那……"

"是我装的。"

村主任不相信,众人惊得目瞪口呆。

确实,当初他只想躲几天懒,假装摔了腿。谁料到会被评为积极分子,而又得到了许多好处。他便装了下去。

现在,他要向人证明,他根本不拐。

然而,当他丢掉拐杖,刚要迈出第一步,却一个趔趄栽倒了。那腿怎么也伸不直了——他成了真正的拐子。

拐子一病不起,躺了三年。

去年冬至过后,拐子死了。

回　家

民国十八年秋天,奶奶让爷爷去城里买了很多布:红的、绿的、蓝的……各式各样的布匹堆了一床。奶奶每天很早很早就起了床,悄悄梳了头、洗了脸就搬一只小凳坐在门口给爷爷和我的父亲以及叔叔做衣服。

父亲和叔叔是双胞胎,刚刚五个月。

奶奶的房屋临着小镇的街道,奶奶做一阵子衣服,便将目光移开去静静地瞅一会儿街道。黎明的街道很冷清,极少有早起的人在街道上走动。一只两只的狗,摇头晃脑大腹便便地从街道上穿行而过,样子极为从容。偶尔吠一两声,清水凌凌的响亮,越发显出小镇的空寂。

奶奶的心那时也和这清晨的街道一样空寂。

就在这之前的两个多月,奶奶突然感觉身体不适,爷爷就让奶奶去城里的药铺看看。一个满头银发戴一副石头镜的老中医给奶奶号完脉,虽然没有说出病因,但奶奶从老中医的脸上以及爷爷那惊慌失措的表情里读懂了病情的严重。

爷爷待奶奶很好。虽然家里穷,他还是清理了家底,又东借西凑弄来了钱劝奶奶去城里治病。奶奶知道自己家里锅小碗大,她更明白这病去看了也是把钱向水里扔。况且,怀里尚有两个不足半岁的孩子。任凭爷爷好说歹说,奶奶就是不去。奶奶说,她并不怕死,一个人来这个世界上迟早总要走这条道的。她只是担心两个儿子尚小,她死了没人照顾;她只是担心她死了爷爷白天没人做饭,夜里无人暖脚,衣服破了无人缝补,有个三病两痛的没人服侍。

奶奶这话就说得爷爷的泪珠儿稀里哗啦地流,流得一塌糊涂。奶奶不去城里看病,爷爷就去城里买药。他无论如何要尽到自己的一份责任。

药吃过一包又一包,爷爷兜里的钱几乎全都扔到奶奶的药罐罐里去了,可奶奶的病情却一日重似一日。奶奶心里清楚,她无论如何是熬不过民国十八年的秋天了,便硬让爷爷将买药的钱买了布,她要在有生之日里给爷爷以及不足半岁的父亲和叔叔缝制出足以穿三年的衣服。

后来的一天,爷爷去城里给奶奶抓药就没有回来。小镇人说,在小镇去城里的山道上两支队伍接上了火,死了好多人。奶奶听了这话,心里好疼好疼。她淌着泪去那里找爷爷。她是要死的人了,可以没有男人,但两个孩子是不能没有爸爸的。

奶奶在横七竖八的尸体中找了一天,活没见爷爷的人,死没见爷爷的尸体。

夜里回到家里,奶奶望着空荡荡的房屋,再望着那两个酣睡的孩子,突然意识到:爷爷是将这个担子交给她了。

奶奶再也顾不上坐在门口缝衣服了。两个孩子两张嘴要吃,她得去地里干活;孩子病了,要治,她得去为孩子弄抓药的钱。奶奶一日一日地巴望着孩子长大。

两个孩子果然长大了。他们已穿完了奶奶提前为他们赶做的三年的衣服。但奶奶并没有死去。更为奇怪的是,奶奶的病也似乎从体内消失了。

三年后的一个晚上,奶奶哄睡了两个孩子,正待上床睡觉时,有人敲门。奶奶打开门看,不由吃了一惊:门外站着爷爷。奶奶两手揉了揉发花的眼睛,再仔细一看,还是爷爷。

爷爷脸上也是一副吃惊的样子。

最终还是奶奶颤着问了一句:"你是人还是鬼?"

爷爷说:"我怎的是鬼?那一回我被人抓了壮丁。"

奶奶就哭了。奶奶又病了。几个月后奶奶就死了。

奶奶死了,爷爷哭干了泪。以后的岁月里,爷爷总是在不停地叹息,他说那时他真不该回家!

大　哥

大哥来信说,他要到城里来一趟,他说有件事现在看来非得让我出面帮忙了。

后来,大哥真的就来了。

几年没见大哥了。我发现眼前的大哥,身上有许多地方都发生了变化。以前,他总是修着小平头,现在却是那种很有点气势的大背头;先前爱穿西服的大哥,现在却穿上了中山装,言谈举止,总给人一种老谋深算的感觉。他抽烟,在点烟之前,总喜欢先拿眼瞄一下烟的牌子,说话也慢条斯理的。怎么说呢,我从大哥身上仿佛看到了以前乡下小乡长的那种小官僚的做派。

从乡下到城里,一千多里路程,不到万不得已,大哥是不会跑这么远的路亲自来找我的。吃完饭,我便有点迫不及待地问大哥。

我说,大哥,有啥事在信上说一下我去办不就行了,干吗非得跑这么远?这阵子地里的农活正忙呢。

大哥听了这话,抬眼看了妻一眼,便岔开了话题。我知道大哥是不想当妻的面唠叨那事,也便没问了。

第二日是星期天,我让妻带着女儿回娘家去了,关上门和大哥说话。

我们先扯了乡下和城里的许多闲话,然后才把话题说到正事上去。我说,大哥,你到底有啥事找我?

大哥说,你离开村子早,村里的许多事你不知道。卫长炎你还记得吗?就是老地主卫兰怀的儿子。前两年他当上了村支书,在村里我好歹是村主任呢,可他啥事都不把我当村主任待。村里的大事小事都是他一手遮天。我在他当村支书那会儿就开始写入党申请书,可到现在,他就是不给我解决入党的事,为这事,我和他闹过几次。我说他是怕我入党对他构成威胁,自这以后,他明里暗里总是和我斗。说实话,当不当村主任是小事,我就是忍不下这口气。我知道你和书记专员都很熟的,我这次来,是想让你找找他们。卫长炎之所以在村里那么猖狂,不就是依靠权势弄了几个钱吗?他如果不当支书了,照样在我面前充孙子呢。

听了大哥的话,我感到真的有些可笑。为了一个小村支书这样的官,竟然还搬到书记专员头上。但看看大哥的神色那样的认真,我知道,在我们乡下,人们是把村支书看得比县长、省长都要牛皮的。

大哥说,你看,当哥的这么多年了没找你办过事的,但这件事,你说啥也得帮帮我。我就不信斗不过卫长炎!

我说,大哥,这事你放心,这样的小事,也用不着去搬书记专员,回头我给咱县的县长或书记写封信说说,他会处理好的。

大哥当下就笑了,仿佛一块心病掉了似的。这天晚上,妻给我们又弄了几个菜,我和大哥喝酒。大哥由于心里高兴,多喝了几杯,就醉了。他躺在床上时不时就笑出了声。

妻子问,大哥让你办啥事,心里咋这么高兴?

我说,大哥是在谋权呢。

大哥来时,说过这次要多住几天。我知道大哥千里迢迢来一趟是不容易的,第二天便决定带着他到城里的公园呀动物园呀去转转。

大哥说,城里的公园无非也是山呀水呀的,哪能抵得上我们乡下的山清水秀。至于动物园嘛,就更不用看了。冬季上山砍柴哪趟不遇上几只狼呀豹的,比那关在笼子里的不知要活泼多少倍呢。

这样,我和大哥就漫无目的地在大街上转悠了一天。到了傍黑,我对大哥说,市中心刚建了一座立交桥,咱去看看吧。大哥就同意了。

我和大哥刚到立交桥时,天已全黑了。华灯初上,整个城市看起来一片灯火通明,如同白昼一般。立交桥上人来人往,立交桥下车水马龙。大哥站在立交桥上,看着这景象,忽然就叹了一口气。

我问大哥怎么了?

大哥说,城里和乡下就是不一样呀!

这天晚上,我和大哥一回到家,他就嚷嚷着收拾行李。我有点奇怪。大哥说得好好玩几天再回去,怎么突然间就改变主意要回去呢?妻子女儿也一再挽留大哥,让大哥再住几天,可大哥说啥也不同意。我知道大哥的脾气,大哥这人弄啥事从来是说一不二的。大哥和支书闹矛盾能跑这么远来找我,他要是决定走怎么也是留不住的。

妻给大哥收拾行李时,大哥悄悄用手拉了拉我的衣角。我明白大哥一定还有话要对我说,就和大哥到了阳台上。

大哥又在狠狠地抽烟。大哥说,昨天我给你说的那件事就先不办了吧。

这一下,我更有点吃惊了。千里迢迢跑这么远路程来找我,不知那事在他心里酝酿多久了。可事情刚刚说过一天时间又突然变卦了,这里面一定有原因。

我说,大哥,这事不是说好了的,我给县长写信的嘛,怎么又改变主意了?你是不是不相信我的能力?

大哥叹了一口气,他双眼穿过阳台,看着对面的楼房说,今天,我站在立交桥时就想,城里人现在都过上啥日子了,可我们那穷地方为了一个小官还弄来弄去明争暗斗的,真没意思呀!真的,一点意思都没有!大哥说。

秋 夜 歌 声

长根走在秋天的黄昏里,心情愉快极了。很多人都是这样,心里高兴了,都会情不自禁地用一种方式表现出来。譬如说找点可笑的事做引子,笑上一笑,譬如唱上几嗓子。

现在,长根是一个人走在这乡村的庄稼地旁。月朗星稀,秋天的风送来一阵阵扑鼻的玉米的清香。一个人在这黄昏的旷野里,因为自己心情愉快而独自发笑,自然显得有点不伦不类。长根便别无选择地选择了第二种方式——唱歌。

长根平素里不怎么爱唱歌,确切地说是他不会唱歌。眼下,突然有了这种心情或者说是雅兴了,却不知唱什么好。好像是一个腼腆的汉子,第一次和姑娘谈情说爱似的,有些羞于开口。搜肠刮肚地想了好一阵,总算才想起一首歌来。那是一首当时所有的小朋友都会唱的儿歌。长根在队里小学堂旁干活时,听学生们不止一次地唱过。

"路边有颗螺丝钉/螺丝帽/弟弟上学看见了/看见了,看见了,看见了!"

长根想起这首歌,左右张望了一阵,见确实没有别的人了,用唾沫润了润嗓子,却是记不起词来了。记不起词不打紧,关键是长根此时的心情很好。他索性哼起调来,逮着记起的词儿,唱出来即是。

于是,整个一首儿歌,我们听起来就成了"看见了,看见了,看见了!"

长根就是这样在秋天的黄昏里,边走边唱。唱得水中的月儿都笑弯了腰,唱得田野里的秋虫也"啾啾啾"地叫个不停,似在为他助兴。

长根自顾自地唱着,唱得很带劲。他根本没有料到,在他的周围还发生着其他的一些事。而这些事又因他唱的歌,正悄悄地发生着变化。

首先是他左边那块苞米地里的金枝儿。金枝儿的男人两年前死了。她带着三个半大不小的孩子过活。夏季时,金枝儿家里没有劳力,分下的一点粮早已吃完,家里已有两天没烧锅了,几个孩子饿得哭个不停。饥饿起盗心,金枝儿本想是偷几个玉米棒子充充饥的,不想刚掰了几个,就听到了长根的歌声。确切地说,金枝儿听到的不是歌声,而是叫喊声:看见了,看见了,看见了。金枝儿当下吓得出了一身虚汗,撒丫子就跑,情急之中,一下子从一个高坎上跌了下去……

与此同时,长根右边的那块苞米林里的一个看秋的草棚里,长安的儿子秋平和麦叶也听到了那似歌似喊的声音。那时,秋平和麦叶这对年轻人,正在草棚里搅缠在一块,爱得死去活来。听到这声音时,刚才还是软绵得如一摊烂泥的麦叶,突然害怕了起来,她未等秋平反应过来是怎么回事,扬起巴掌照着秋平的脸上就是两下,然后,站起来,一边哭着,一边喊着,朝村里跑去……

长根自然不知道这些事。

第二日,长根去工地上工时,只是发现金枝儿没来上工,有人说金枝儿昨天夜里担水时,摔折了腿。长根觉得心里空空的,像丢了什么似的,干活便没了劲头。大约到中午时,村口公路上又突然驶来了一辆警车,警车开走时,秋平也被带走了。村里人纷纷传说着秋平强奸了麦叶的事。

长根有些不相信。直到后来,他在村里看见了双眼哭得如烂桃似的麦叶时,才相信了这事。长根心里盘算着,该弄点啥东西去瞧瞧金枝儿,再弄点啥东西去安慰秋平的爹娘。

长根不知道这些事都是与他唱歌有着某种关系的。只是,他从此再也没有了好心情,再也不唱歌了。

死 亡 体 验

河湾很静。

女人像一只猫一般依偎在男人的怀里,睁着那双秋水盈盈的眸子,一往情深地望着男人那轮廓分明的脸。男人笑了笑,低下头在女人那炽热的唇上吻了一下,目光随即游移开去,落在了他们身下巨石前的那个深水潭上。水潭很深。昏暗而幽蓝的潭水在黄昏的阳光下,泛起一丝丝令人毛骨悚然的寒意。潭中不时传来鱼的喽喋声。男人说,你真的不怕吗?

女人说,只要和你在一块儿,我什么都不怕。

男人回过头望着姣美动人的女人很是感激地笑了笑。

这时,远处传来了一声狗叫。男人听到狗叫声,心里一咯噔。女人的心也一咯噔。男人和女人的思绪一下子都沉浸在了以往的许多个夜晚里。村子里家家户户都养了狗,那些个夜晚,夜夜都有狗叫声。男人和女人不约而同地将目光沿着狗叫声从白亮亮的河滩上划过去。河滩的对面就是村庄。地里的庄稼已经收割完毕,田野显得空旷而辽远。村头那幢三层的小洋楼在收了秋的田野里更是显得引人注目,那是二水的花炮厂。

男人和女人都是花炮厂的工人。就在两个多小时之前,他们还在那小洋楼里走进走出,一边干活,一边和其他工人们有说有笑的。虽然许多天之前,男人和女人都已做出决定,选择了沉河而死这条路,但那时,他们仍然表现出一副泰然自若的样子。各方面的压力已把他们逼上了这条绝路。因此,他们早已将沉河而死看得和游泳一般轻松自如。他们已不图别的什么,只求能死在一块儿就行了。

狗依旧在叫着。那叫声走过白亮亮的河滩,走过宽宽的水面,变得动人而可爱了。此时,男人和女人已吃完了他们准备的最后一顿晚餐。他们脱光了衣服,沐浴着凉爽宜人的河风,像动物一般在无遮无拦的巨石上,从容过细而又放荡地做了一次爱后,双方都换上了干净而漂亮的衣服。女人总是那样,面对死亡也要把自己打扮得极尽漂亮。她拿着一片小圆镜仿佛要做新娘似的,一次次为自己搽脂抹粉画眉描口红,又一次次擦去,直到男人满意才罢休。男人呢,自始至终都显得从容不迫。他搬来一块很大的石条,用事先准备好了的绳子五花大绑地捆了个扎实。他要到最后一刻,再将这块石头拴在两个人的身上。

做完这一切,已暮色四合了。他们又走向了一块儿相依相偎相拥着,如胶似漆地吻着。之后,他们转过头深情地望了村庄一眼。又望一眼。二水的花炮厂正灯火辉煌。那里的工人们也许正一边干活,一边象以往一样在说笑呢。女人突然想起了过去的日子。女人想起过去的日子禁不住一串泪水夺眶而出。

男人正在把那拴着大石条的绳索像戴光荣花似的往两个人身上套,一滴泪水掉在了他的手背上。

又是一滴。男人说,如果你后悔,还来得及。

女人凄惶地望着男人说,那边不知道有狗没有?

男人说,不知道。

女人说,以后咱真的啥也不怕了,可以长相厮守,长久相爱吗?

男人说,或许是吧。于是,男人和女人紧紧抱在一起,拼力拖着那个石条，如同走向洞房似的向深潭挪去。

"轰隆"一声，从村庄传来了一声炸响。走近巨石边缘的男人和女人受这一惊，僵直地站住了。

他们回过头去。村子的上腾起一股黑烟。二水那方才还是灯火辉煌的小洋楼，此时已成了一片火海。

二水家的花炮厂爆炸了！有人喊。

随着这一声喊，村子里许多人纷纷朝二水家里赶去。一些人冲进了火中，开始在残垣断壁之中寻找着被炸的人。当一具具尸体被冲进去的人们七手八脚地从火海中抬出来时，一股可怕的阴影一下子罩在了女人的头上。没有想到，他们为了死而绞尽脑汁，却还活着。而那些快乐地活着，并想永远活下去的人，却遭了不测风云。男人的身体也在微微地抖动着。他突然感到，死是那样的可怕。不知什么时候，他已解掉了套在身上的那拴着石条的绳索。

男人问，怕吗？

女人说，不怕。女人嘴里虽然这么说，可整个身体却像筛糠一般抖动着。她那细嫩的手掌有点冰冷。男人和女人不知为什么突然产生了要活下去的念头。

男人说，咱回吧。

女人说，回吧。

于是，男人和女人沿着他们走来的路向村里走去。

守　望

　　小油匠是在春天里死去的。

　　那时候,山青水绿,漫山遍野里开满了野桃花,一嘟噜一嘟噜的,很热闹。

　　小油匠的油坊就在村西端的那片桃林旁。

　　大家去看,小油匠不像是死去的样子。他躺在靠近后窗的床上,仿佛是瞌睡了过去,那"井"字格的小撑窗洞开着,一股股桃花的馨香随风而入,沁人心脾。人们看见,小油匠的身上飘落着几瓣粉红色的桃花,那张年轻的脸上,洋溢着几丝得意而满足的微笑,好像正在做梦当新郎似的。

　　小油匠就这样死了,身上没病没伤的,死得很安详,村里人都觉得蹊跷。

　　后来,村里人便纷纷相传,说小油匠其实是被桃林里的一只狐狸精缠死的。那是只修炼千年的狐狸精,一到月朗星稀的夜晚,便化作一个年轻美貌的女子去和小油匠约会。

　　这话说得神神乎乎的,听得大家一个个一惊一乍的,从此,再也不敢走近那片桃林半步。但村里的那些年轻的后生却一个个脸上露出羡慕之意,说,小油匠,没枉做一回男人,死了也值。

　　小油匠爹娘死得早,是个光棍汉。

　　那时,村子穷,不仅仅是小油匠,村里好多和小油匠年龄不差上下的后生都说不上媳妇,白天在地里吃地锄草有活干,晚上在床上翻来覆去却没事做,一夜一夜的只好在月亮地里喝酒唱歌。他们先唱:女儿生得细精精,细腰细手细浑身,四两灯草拿不动,夜驮情郎还嫌轻。接着又歌:掌柜的,坐椅子,你家有个好女子,你不给我我不走,我在你门上耍死狗。

唱着唱着,大家望着那片桃树林就想起小油匠来。

"小油匠没枉做一回男人!"

一天夜里,大家又聚在一块喝酒唱歌,喝着唱着,就突然发现没见长武。有人说,好几个晚上长武都没来了。大家便去长武家喊:长武,长武!长武爹说,长武不是和你们在一块儿吗?大家说,长武几个晚上没去喝酒唱歌了。这样一说,长武爹便有些急,和大家一块儿满村子去找。

仍然没见长武。

有人猛然想起了那片桃林,想起桃林的狐狸精以及小油匠的死,便说,长武会不会被狐狸精所迷?

听了这话,大家心里一沉。

于是,几个胆大的便相互厮跟着一块儿去桃林找。

果然,等他走近时,就发现小油匠的油坊里亮着昏黄的灯光。透过窗子,他们看见长武穿着平素很少穿的那套干净衣服,坐在小油匠的那张床上,正痴痴地望着窗外的桃林发呆呢。

扳着指头数到十

那一年,刚过完年,爹就让娘收拾东西,说要回单位上班。

其实也没啥东西收拾的。几件洗净的旧衣裤,再就是过年时娘熬更守夜给爹做的一双新布鞋。

爹爱吸烟。娘就把切碎的旱烟装了一小布口袋放进包里。娘还将自家熬的红苕糖用刀背敲了一块用纸包了,塞进包里。

爹在一个很远很远的地方工作。爹说那地方白天狐狸都敢偷鸡呢。

我和娘把爹送到道场边。爹忽记起什么似的,从衣袋里掏出一块零钱,爹说,坎上的瓦匠昨天又犯了病,抽空去看一下。爹说话时手又在我的鼻子上刮了一下。

我说,爹,你几时回来?

爹笑着说,个把月吧。

爹就走了。

我问娘,个把月是好长时间,娘说,个把月就是一个月,也就是三个十天。

那时,我还没有念书,扳着指头刚能数到十。

第二天,我随娘一块去看瓦匠。我们家的老房子漏雨,娘看瓦匠时就说了烧点瓦盖房子的事。回来时,我偷偷将瓦匠和好的泥包了一疙瘩。娘还是看见了。娘说,快给瓦匠送回去,那泥是做瓦用的。

我说,我也是有用途的。我每天用泥捏一只小狗,捏够三十个了,爹不就回来了。

娘就笑了,没再逼我将给瓦匠送去。

当天晚上,我便用泥捏了一只小狗。丑丑的小狗。我把它放到了屋檐下的鸡圈顶上。

开始时,我每天用泥捏一只。过了几天,我便有些急了。我知道爹每次回家,总会带好些好吃的东西给我吃,娘也会做好吃的给爹吃。我便趁娘不注意时,隔个一天两天偷偷多捏一只放进去。

过了一段时间,我问娘,爹咋还不回来?我的小狗已够三个十了。

娘说,哪能呢?咱的鸡一天一个蛋,才一个十零九个呢。

娘也不识字,她记日子的办法和我一个样。

日子过得很慢。

我在焦急的等待中,终于盼回了爹。

娘急忙从箱底摸出几个鸡蛋去做饭。我便从鸡圈顶上拿来那些小狗十只一堆,放了五堆零三只。

我说,爹,你这次走的时间真长,我的小狗都五个十还多了三只呢。

你肯定多捏了。爹边说边去掏他带回来的包。爹说,我是每天攒半个馒头。看看,三十四个半边,刚好是三十四天呢。

娘在灶间听了我和爹的对话,也插了言:狗娃,你是不是偷了娘的鸡蛋?我就揣摩着不对劲,数来数去咋就差一个呢。

爹就嘿嘿地笑了,娘也笑了。

那个鸡蛋是我偷的。我把它打碎,装进一节竹筒里烧着吃了。

飞向空中的盆子

我六岁的时候,还没有上学,我的许多时间都是和一个叫小伍子的男孩儿一块打发掉的。小伍子那时已经九岁了,他总是有许多稀奇古怪或者说出人意料的想法。

有一天,小伍子不知从哪里弄来了一只雷管,他把那个像炮仗一样的东西攥在手里,对我很是炫耀了一番。之后,他找来一只大木盆,然后将一截导火线安在了雷管上。

小伍子将雷管放在了反扣在地上的那只木盆下面,然后望着蓝蓝的天对我说,你坐在木盆上吧。

我说,这是木盆,又不是凳子,我才不坐呢。

小伍子说,你以为你是学校的马校长,走到哪还想坐凳子?

小伍子知道我是不会轻易坐上那只木盆上去的,他有些失望,便拧着脖子东张西望,想找一个能够替代我的人,坐到那只木盆上去。

这时他就看见了张裁缝的女儿梅朵儿正从一棵树下向我们走了过来。

梅朵儿那时大约只有五岁,她扎着马尾巴小辫,走路的时候,小屁股还一翘一翘的像一只小鸭子。

小伍子的脸上当下就爬满了阳光,他对梅朵儿说,嗨!你走了这长时间的路,累不累?

梅朵儿就点了点头。小伍子说,我就知道你累,给你准备了

一只木盆。现在你就坐在这只木盆上歇歇吧。

梅朵儿可高兴了,她坐在了那只木盆的上面,脸就像是一朵向日葵一样看着我们笑。

我的心里有些不高兴了,走上去一掌将梅朵儿从木盆上推了下去。我虽然不想坐到木盆上去,可当梅朵儿坐在那上面时,我的心里却生出了几分嫉妒。

我说,你凭什么坐?要坐也是我坐。

梅朵儿坐在地上哇哇地大哭了起来,泪就像雨点一样地打在地上。

我发现泪滴还在脸上流时,是泪。可一旦它打在地上了就和雨滴没有什么区别。

小伍子说,你这人真是怪了,刚才叫你坐时,你不坐,现在人家坐了你却和人家抢开了。小伍子说,我看还是你们两个都坐在上面吧。

我和梅朵儿背靠背地坐在那只木盆上面时,我听见她还在伤心地抽泣。

小伍子却是很兴奋,他从身上掏出一盒火柴,然后很从容地用火柴点着了导火线。导火线散发出来的火药的气味很好闻。

过了一会儿,我们就听到了惊天动地的一声响,有人就喊了一声:不好了,出事了。

紧接着,我们就看见很多人从屋子里跑到了街道上,再从街道上向我们跑过来,再从我们面前跑过去,一直向镇子外的河边跑去。

他们嘴里喊着,不好了,出事了。可他们的脸上却都异常地兴奋。

小伍子站在那里,看着那一群一群地人向我们跑来时,显出了他惯有的敏捷,他是不放过任何热闹的机会的,他丢下了我和梅朵儿,也跟在那些人的屁股后面向河边跑了过去。

我拉着梅朵儿的手,从那只木盆上跳了下来,也向小伍子追去。

梅朵儿的手被我拽着,一边跑一边说,那些人都到河边去干什么?

我说,去看热闹。

梅朵儿说,热闹是谁呀?

我说,我也不知道热闹是谁,我们去看看不就知道了。

这时,我们突然又听到了惊天动地的一声响。我们回过头,就看见我和梅朵儿刚刚坐过的那只木盆在一片烟雾中,就像是只笨鸟一样飞向了蓝天。

麦　　垛

收完麦子,麦草便垛在了场院外的空地里。

新打的麦草,散发着淡淡的清香,一缕一缕的,沁人心脾。

傍晚的时候,男人就喜欢一个人静静地躺在麦草垛上。凉风拂面而过,那野虫鸣叫声就在耳边。有时候,男人还能感觉到,那虫子就在他的身上蹦来跳去的呢。

偶尔,也会突然传来一阵机器的咣当声,打破这片宁静。男人的心就会受到感染,也跟着咣当咣当几下。

男人住的这片郊区,地越来越少了,一片一片的地都变成了厂房。男人家的地偏远点,总算没受到影响。村子里的人,现在都不愿意种地了,他们宁肯把地空在那儿,天天等着人来开发,也不愿意拿锄下地。他们甚至连菜也不愿意自己种。现在买菜买粮太方便了。

男人却喜欢种地,不图别的,只要掮着锄头站在庄稼地里,站在庄稼中间,他的心就特别的踏实。特别是在有月亮的夜晚,躺在新麦草上听着野虫的鸣叫,比躺在炕头搂着老婆都美。

晚上,男人又躺在麦垛上,不知不觉就睡着了。等他醒来,四周已是一片寂静。这时,他突然听见麦垛的另一头传来了一阵窸窸窣窣的声音,男人吓了一跳。待他准备起身去看时,便有说话声传来。

是个女子。声音柔柔的,软软的。

女子说,咱走吧。

让我再抱一下吧。

是个男子的声音,也软软的。

女子说,再不走,回厂子就进不了门了。

男子说,进不去,我宁愿翻院墙。

然后,就没了说话声,却传来了男子和女子的喘息声。

听两人的声音,不是本地口音。男人想,这两人一定是村子里才建起的工厂里的工人。

村子里的地越来越少了,工厂却是越来越多了,村子里一下子就来了许多外地来的年轻人,他们穿着工装,在村子里出出进进。那一阵,在男人的眼里,那些人就是抢占别人窝的鸟一样,他从心底里恨死了他们。

过了好一会儿,男子的话又传了过来,这一次,男子显得很兴奋。

男子说,要是你怀上了,我们就给孩子取个名字叫麦子吧。

女子说,难听死了。

停了一会儿,女子说,等我们挣下钱了,就在那最高的楼上买一套房子,抬头就能看见月亮,我就给孩子取名叫月儿。

男子和女子就咯咯地笑了起来。

男人就看见一男一女从麦草垛那边走了过来。

男子很年轻。女子也很年轻。他们手挽着手向前面的大道上走去。有一刻,他们都停了下来,月光下,他们相互捡拾着彼此身上的麦草屑。

男子说,这新麦草闻起来真香呢,就跟你身上的味道一个样。

女子拍了男人一巴掌,去你的!

男子说,下个周休息日,我们还来这里吧。

女子说,我听腊梅说,人家主人很快就要将这麦草卖了呢。

男子叹一口气。女子也叹了一口气。

男人看着那一男一女远去的影,不知怎的,心里突然一酸。

过了两天,果然造纸厂的人就来了。他们开个车来拉男人家的麦草。

男人就拦在了造纸厂的车前,说什么也不让人家装车。

那人说,老兄呀,不是说好了让今天来拉吗?我们可是交了定金的。

男人说,不卖了。交定金也不卖了。

那人问,为什么呀?你年年都急着要把麦草卖给我们,怎么现在不卖了?再说了,这麦草放在这儿不是浪费吗?

男人说,不卖就不卖,没有为什么。

然后,他就在麦草垛上躺下来,眯起眼晒起了太阳。

女 镇 长

去云镇之前,我就听到了关于那个女镇长的许多传闻。

女镇长叫冷雪,大学毕业,不仅人长得漂亮,办事还很泼辣。能喝酒,能讲黄段子。

据说,她为了当上云镇的镇长,除了玩命地工作,还和给她帮忙提拔的领导睡过觉。

冷雪的娘家就在镇子上,她和老公离婚后,只好把那只有一岁多的孩子丢给她妈。

这些传闻,让我对这位即将见面的女镇长充满了好奇。

我们这次去云镇,是陪水利局的领导考察云镇饮水工程项目的。云镇地处偏远,老百姓饮用水,都是肩挑背扛地从河沟里弄水吃,到了冬天,有的要跑几里地,用筐把冰背回来再化成水。

到了云镇,听完汇报、看完现场,一直也没见到女镇长冷雪,直到镇政府晚上设宴招待我们,女镇长冷雪才匆匆赶来。

果然是个风风火火的女人。

她说,失敬,刚刚陪林业局的领导检查完工作。

女镇长说话时双颊微红,我们握手,一股很大的酒味直面向我扑来。

酒宴开始,镇党委书记说,冷镇长才陪林业局领导喝完酒,就少喝些。

水利局的领导大概也是听说了有关冷雪的传闻,知道她能喝酒,就说,这可不行,我们可是带着钱来的。

一听说钱,冷雪一下子就精神抖擞了起来,她端起桌上的酒杯说,领导在上我在下,您说几下就几下!

这句话一下子就把酒场的气氛搞活了。大家纷纷举起杯来。

酒喝得正高兴时,包厢的门响了,大家回头一看,见一老妇正推开门,探进头来。

冷雪连忙起身走过去,和老妇一块走了出去。

镇党委书记见大家满脸疑惑,便说,那是冷镇长的妈,大概是怕她女儿喝多了,来看她的。

话音刚落,女镇长就推门进来了。

可她的屁股还没在椅子上坐热,包厢的门又被推开了。伴着哭声,一个一岁多的小男孩,跌跌撞撞地跑了进来,一直跑到冷雪的面前,小男孩一边哭着,一边用小手掀起了冷雪的衣服要吃奶。

也许是小孩的哭让她心痛,她竟然不管不顾地掀起衣服就在酒桌上给小孩喂起奶来。

所有的人都安静了下来,只听见小孩吮吸奶的声音。

这时,冷雪才回过头对一块跟进来的那个妇人说,我不是说过了吗,我在陪领导吃饭。

老妇说,可小孩饿了一天。

冷雪对那老妇说,妈,你先出去,一会儿喂完了我再叫你。

小孩大概是太累了,不一会儿就睡着了。

冷雪索性将小孩放在了包间的沙发上,脱下衣服给小孩盖上。

这个小小的插曲,让本来热闹的氛围冷了下来。

冷雪回到酒桌上,连连说对不起,她端起酒壶,说,这下好了,小孩也睡了,我可以放开胆子陪领导多喝几盅了。说着,拿起酒杯先自罚了两盅酒。

气氛一下子又热闹了起来。

领导说,冷镇长呀,我可是听说了,为了这镇上的饮水工程,你可是没少跑路,少磨嘴皮子。我听说你很能喝酒,既然这样,你看这样行不行,从现在开始,你每喝一盅酒,我给你追加一万块钱。

女镇长一听领导说这话,把桌上的酒盅全都归到了她的面前。看来,她真的是为了钱命都不要了。她喝一盅,竖起指头说一句,一万。就这样一口气喝了二十盅。

二十盅酒下肚,冷雪说话都有些不利索了,酒杯也有些拿不稳当。可她还要让人将面前的酒盅倒满。

领导见冷雪真的喝多了怕再喝出事,就不让她喝了,冷雪却不行,她说,我多喝一杯酒,就是一万块,这一万块钱,要多办多少事呢。说着又一口气喝下了五杯。

这五杯酒一喝下去,大家见冷雪的眼里竟然有了泪。

大家赶忙去扶住她,说,镇长,没事吧。

冷雪无力地抬起手,正要说话,却突然听见一个稚嫩的声音在身后响起:哈哈,醉了。

众人回过头,见冷雪的儿子正满脸通红地坐在沙发上,一边喘着粗气,一边一粒一粒地解上衣的扣子。

谁也没想到,冷雪的儿子喝了她的奶,竟然也醉了。

在场所有人的心,都为之一沉。

送走了冷雪和她的儿子,领导觉得有些过意不去,他握着镇党委书记的手说,放心,钱,我是一分不少给你们的,没想到呀,这女人为了钱,真是连命都不要了。

镇党委书记叹了口气说,也许你们听到过她的不少传闻,都说她为了当官,啥都不顾,其实,又有谁能知道这背后的原因呢?我们云镇穷呀,在这里来当书记镇长的,都是想把它作为一个跳板。升起来,最多也就待个一年半载屁股还没坐热就走了。冷雪是本地人,她之所以想尽办法去谋这个官,就是因为她当上了就不会走,这样才能给老百姓办些实事。

书记说到这里,眼里竟也有了泪。

复　仇

我们村里的每一个小孩长得都像自己的父亲。外村人到村里来找人讨债要账,一般是不问路的,他们只需悄悄地在村口看看我们这些小孩的脸,就会认出我们是谁家的孩子。一般的情况下,他跟着他认准的那个小孩子的屁股后面走,是错不了的。

也有失误的时候,比如那讨债的人明明认准了他跟着的那个孩子长得很像欠他账的人,等走到门口,却发现那孩子的父亲并不是欠他账的人。这种情况,不是这个小孩长走了样,也不是那个讨债的人认错人了,而是那小孩的父亲压根就不是他的亲生父亲。

这闲话扯得有些远了。

还是说正事吧。

那年夏天,村里的豆花一个人走夜路,被人强暴了。

夜太黑,豆花没能认出那个人的模样。算是吃了个哑巴亏。

一个黄花大闺女就这样被人糟蹋了,豆花哭得像个泪人,豆花娘哭得更是泪人一个。

这事在村子里传开了,大家都劝豆花娘,找个不知情的外村人赶紧把豆花嫁了。反正豆花也十八岁了,也该嫁人了。

事情还没个眉目呢,豆花发现,只要一吃饭就会呕吐。她以为自己病了,便告知娘。

豆花娘一听,脸都白了,她明白,豆花是怀上孩子了。

这可是张扬不得的事,豆花娘悄悄地去找医生刘立庆,想让他帮豆花做掉肚子里的孩子,好让豆花清清爽爽地嫁个好人家。

可豆花说什么也不愿意,她的眼红红的,恶狠狠地都能杀了人。

豆花说,我不能就这样让那个狗杂种白白地糟践了我,我要生下这个孩子!

豆花娘说,你生下了这个孩子怎样嫁人呀。

豆花说,我就是不嫁人也要生下这个孩子。

豆花娘的唾沫星子都说干了,泪也流干了,却也没能说服豆花。

豆花犟得就像一头牛。

豆花是夏天被人强暴的,到了第二年春夏之交,豆花生了一个小孩,是个男孩。

豆花给儿子取了个名字:仇仇。言外之意是仇人的儿子。

开始的时候,豆花有些灰心,这孩子长得和其他的孩子几乎没有什么区别,像是一个模子刻出来的。直到仇仇半岁了,眉眼才长开些,渐渐有了和别的孩子不一样的特征来。

仇仇再长大些,能走路了,能说话了,能叫妈妈了,豆花越看越觉得仇仇像村里的一个人了。豆花将孩子抱出门,一些不知情的人一看豆花怀里的孩子,就把豆花当成了那个人的老婆。他们叫着那个人的名字,说,狗日的真是艳福不浅呀,讨了这么美的一个老婆。

豆花就笑了。咯咯咯,很开心的样子。

一个早晨,豆花将自己收拾得利利索索,就抱着仇仇出了门。

她走出了村子,去了镇里。

在镇子的派出所里,豆花说出了她当年被强奸的事。

所长歉疚地说,真是对不起,这案子当时没有一点线索,我们也是无能为力呀。

豆花就说出了强奸她的人的名字。

所长说,怎么可能呢,你当时不是说没认清那人吗?这事可开不得玩笑的,你有证据吗?

豆花便将怀里的孩子递给了所长,说,为了能找到那个人,我生下了他的孩子。

大家都很吃惊。

很快,那个人便被逮了。

开始那个人还百般抵赖,当他被带到豆花面前,看见豆花里的孩子时,不由吃了一惊,没等审问,便老老实实地交代了。

那个人被关进了监狱,被判了刑。

豆花看着那个当年强奸他的人被关进了监狱,抱着仇仇痛哭了一场。

豆花一直没再嫁人,她一个人养着仇仇,直到仇仇长大成人。

每个门槛下面都有一把钥匙

村里总共二十多户人家,三三两两地错落在山根下。村子里树多,房前屋后都是。要是在夏天,你是看不到村里的房屋的,只有等到中午或黄昏,那一缕一缕的炊烟从树梢上冒出来,你才会惊叹,原来,这里住着这么多人家呢。

一缕烟,一个家。

顺子站在回村的路口上。现在是秋天,风舔光了树上的叶子。他看见自己家的房子闪烁在那片树林里,心里有些紧张又有些害怕。

三年了。他离开村子都三年了。记得他当时离开村子时,门前的树刚刚长到屋檐高,现在再看看,那树竟然就没过屋顶了。

顺子自出生起到上高中,就没离开过这个村子,村子里的人都是靠种地为生,每天早上,屋外树上的鸟儿一开始喳喳,他们就起了床,孩子们背了书包去上学,大人们便扛了锄头下地去干活。一把锁锁了门,钥匙就丢在门槛下,家家户户都这样。

在村里,谁都知道谁家的钥匙放在什么地方。有时,老张家的在地里干活,种子完了,要回家去取种子,老李家便从地里冒出头对他喊,老张呀,顺道上我家去取壶水给我捎来吧。老张就会走到老李家门前,从老李家门槛下取出钥匙开了门,拿了水壶。那样子就好像是进自家的门一样。因此,锁在村子里就成了一个摆设,真真失去了它存在的意义。

顺子家的钥匙也是放在门槛下的。顺子的父亲几年前就去世了。尽管那时顺子已远离村子上了高中,一个星期才回家一次,但顺子的母亲还是习惯将钥匙放在门槛下。顺子明白,母亲是怕自己在地里忙了,他回来随时都可以进门。

可是,就在三年前,顺子的母亲突然就病倒了,村子里的人帮忙将顺子的母亲送到了县医院。当医生告知顺子他母亲的病情时,顺子呆住了。要治好母亲的病,需要一大笔钱。

顺子和母亲相依为命,哪来的这么多钱呀。

顺子整整想了几天,为了救母亲,他决定铤而走险。

顺子有个同学曾带顺子去过他家,同学的父亲是家企业的老板,很有钱。就在前两天,他的同学告诉他,他们一家去外地旅游去了。

那天晚上,顺子等护士查过房,母亲也睡下后,便一个人悄悄出了门。

顺子很顺利地找到了那个同学的家。

他在那扇门前定定地站了好长时间,还是伸手按下了门铃。他想,这时要是屋里有人,他就会放弃那个念头的。

可他等了好长时间,屋里却是没有动静。

也许这就是老天的安排吧。

在确定屋里确实没有人后,顺子从身上掏出了提前准备好的工具。

这是一款梅花牌的锁子,顺子很是费了一些劲儿,才把它弄开。

一切都是那样的顺利,顺子很快就找到了钱,一摞一摞地码在那里。顺子还没见过这么多的钱。他的手都有些抖了。哗哗的,他好像都能听得见自己手抖动的声音。

顺子将钱拿出来,又放了一些回去,再想了想,又放了些回去。他将手里的钱掂了掂,确定这些钱足够给母亲治病了,才将钱揣进包里,进出了门。

两天,仅仅两天,警察就将顺子从医院里带走了。

顺子被定为盗窃罪,判了三年半……

顺子沿着回村的路,一步一步往前走着。三年了,他不知道村子里会发生什么变化。

正是黄昏,村子在地里干活的人都开始回家,顺子看见,已有回家早的人,正从门槛下面摸出钥匙打开门。

顺子借着黄昏作掩护,悄悄地走到自家的门前。

门锁着,那锁看起来冷冰冰的。

顺子习惯地弯下身子,将手伸进门槛下面,竟然摸到了钥匙。三年呀,难道这把钥匙一直在门槛下躺了三年?

顺子进了门,反手将门关上。想了想,他又拿出那把锁,把手从门缝伸出去,将门锁上,也许是出于习惯,他锁上门后,顺手将钥匙放在了门槛下。这样,从他门前经过的人,就不会发现他回来了。他这次回来,只是想偷偷地看一眼这个家,看一眼他的母亲。他是没脸再在这里待下去的。

顺子走到窗前拉好窗帘,才打开灯。

屋子里的一切都和三年前一样,不一样的是,三年前,每次回到家里,母亲就会忙前忙后,而现在,母亲却一动不动地待在墙上的相框里。

那天晚上,顺子是这三年来第一次睡的一个好觉。直到第二天早上,外面树上的鸟儿叽叽喳喳地叫,他都没听见。

直到快中午时,他才被开锁的声音弄醒。

他竖起耳朵听了听,确实是开锁的声音,而且就是他家的门。

顺子赶忙起床,他从卧房里走出来时,见一个女人正推开他家的门,走了进来。

女人看见顺子,吃了一惊。接着,她的脸由吃惊变为了惊喜。

女人说,顺子,你回来了?

这女人是村里蒋木匠的媳妇,她怎么进到他的家里来了?

顺子的疑惑写在了脸上。蒋木匠的女人便说,顺子,回来了好呀,村里人都说你是个孝子,你娘走时对村主任说,要他帮着看好这个家等你回来。村主任便安排人每隔一段时间,就来你家帮着打扫打扫,他想让你回来时,家里是干干净净的。这不,今天轮到我了。

蒋木匠的媳妇说着,就开始扫地抹桌子。

顺子也在抹,不过他抹的是脸上的泪,不知怎的,那泪越抹越多。

蒋木匠的媳妇打扫完屋子,便出了门。顺子也跟着蒋木匠的媳妇走出了门。那时已近中午,顺子看见村子里的人开始陆续从地里回来,他们走到门前,从门槛下掏出钥匙打开了门上的锁。

入 侵 者

她失恋了。她的男友背弃了她。另一个女孩撞进了她和他安静的生活。

于是,她背上背包,想找一个远离尘嚣的地方走走,把过去的生活梳理一下。

她选择了西部一个边远的山村。她是从地图上找到那个小山村的。

一路向西。

再一路向西。

当她离城市越来越远时,眼前的景致却越来越美丽了。等她到了那个小山村,她觉得她吸进的空气都带着一股甜甜的香味。她在这里留了下来。

这个村子有一个好听的名字:阿月村。

陌生,总是让人充满着好奇的。这里的景,这里的人,还有她在这里见到的每一个孩子懵懂的眼神。她做出了一个大胆的决定,她要在这里做一个志愿者。她想,也许我能给这些孩子的命运带来些改变呢。

确实,她的到来,让这个平静的村子一下子蓬勃了起来。她开始教这里的孩子们唱歌跳舞,她教他们画画,她还教他们用笔把这里的美描述出来……

她就像春天里的一场雨,让阿月村一下子变得五彩缤纷了起来。

可是,最初的新鲜感过去之后,她发现,这个美丽的山村,根本就不属于她。虽然她给这里的孩子们带来了快乐,但她发现,她是越来越不快乐了。

她本想,她是完全可以忘掉过去的。可是一到夜深人静,透过窗户,看到天幕上的那轮圆月时,她才发现,忘掉一个人,是那样难。就像地里的稗草,你越是想让它腐烂掉,可它总是会像秧苗一样重新从地里长出来,而且越来越茂盛。

她知道她和他的爱情也许并没有走到尽头,只是那个入侵者的偶然撞入,让她和他的爱情出现了一些小小的麻烦而已。她和他相恋了三年,三年的时间,他们一起经历了多少风风雨雨!

想一想,她来到这个山村已经三个多月了。三个月,她让这个平静的小山村改变了,她让这个小山村的孩子们变了,可她不知道,她和他的爱情会有怎样的变化。

她终于忍不住,打开了关闭的手机,那一刻,她听到了铺天盖地的短信声。不用看,她就知道,这些短信全是他发来的。不用想,她也能知道那些短信的内容,她知道,时间打败了那个爱情入侵者。

现在,是该她做出决定的时刻了。

她拿出手机,对着窗外的天幕,拍下了那轮圆月,然后,写了句"山中月满",给他发了过去。

她是趁着夜色悄悄离开阿月村的。她怕她的离开会让这里的孩子们伤心。

她只给他们留下了一句话:但愿我的到来,能给你们的生活带来改变。

她又回到了本就属于她的生活中。她的朋友圈都知道了,在这个世界,还有一个叫阿月村的地方。他们都从她的嘴里知道了那里的美丽和贫困。

又是三个月过去,一天,她一个在电视台工作的朋友打电话告诉她说,他有个采访任务要去西南边陲,他说他在地图上看了,那里离阿月村很近,他想去那里看看。

她听到这个消息异常兴奋,专门去买了很多画画用的纸笔,她让朋友将这些东西捎给那里的孩子们。

十天后,朋友回来了,给她带回了他在阿月村的影像资料。

她又看到了那些熟悉而又陌生的面孔。

她看到,当他的朋友将她给那些小孩买的纸和笔分发给他们时,他们并没有她想象的那样兴奋。她甚至从他们的脸上看到了漠然。

朋友问一个小孩说,你还记得那个教你们画画、唱歌的老师吗?

小孩不作声。

朋友说,你是不是很想她?

小孩还是不作声。

那么,她教你们画的画还在吗,能不能让我看看?

小孩终于开口了,说,撕了。

撕了? 看到这儿,她的心不由一颤。

朋友显然也吃惊不小,说,为什么不留着?

小孩说,留着和不留都一样。

这时,一个女人的声音说,她就不该来的。她来了,把孩子们的心弄乱了,她却又走了。

画面上一直没出现那个女人,但那声音却像一枚针一样,一下一下地扎在了她的心上。

失 踪 者

团子失踪了。

那些天,我们村子的人几乎全都出动了,大凡能想到的地方——河里、山上都一一找过,也没能找到哪怕一丁点与团子相关的蛛丝马迹的信息。

团子十二岁了,一个十二岁的孩子,怎么说不见就不见了呢?就是一片树叶,落到水里也会荡起几圈涟漪。而团子,仿佛黑夜里天空里的一团云,就这样静悄悄的,说不见就不见了。

团子的母亲每天就坐在自家门前的石头上哭呀哭。而团子的父亲,天天晚上都虚掩着门,谁家的狗要是叫一声,他就会咚咚咚地跑出门来,张望一番。一夜一夜的。

团子的父亲一直相信他的儿子还活在这个世界上,只是一时迷失了回家的路。他还在我们去镇子读书的路上、我们经常歇脚玩耍的地方藏了吃的东西,他对我们说,团子要是回来了,走到那儿饿了,就可以打打尖,垫吧垫吧肚子。

那些吃食放在那儿一直发了霉,我们也没动过。

有一阵,和团子关系最要好的大下巴总是说,他看见了团子回来了,他说团子对他说,有个很好玩的地方,那里不用上学,不用考试,也不用挨父母的打,天天想怎么玩就怎么玩。团子让大下巴跟他一起去那个地方,可大下巴以为那是团子死了后的鬼魂,说什么也不愿跟他一起走。然后,团子转身就走了。

大家说,那是大下巴在做梦,是他太想念团子了。

这让大下巴的爹很害怕。他还专门请来了巫婆来给儿子收了魂。天天晚上,一到天黑,大下巴的娘就会跑到村口的路上为大下巴叫魂:

大下巴,回来没?

回来了。

大下巴,回家没?

回来了。

团子是夏天失踪的。那时,漫山遍野,草木葱茏。等到了秋天,树叶开始一片一片地从树上落下来,人们对团子的记忆也一

片一片地落去。团子的母亲也不再为团子的失踪而哭泣了。一到天黑,团子的父亲就早早地关了门,团子的父母还都年轻,他们要抓紧时间,再给团子造个弟弟出来。团子带走了他们的希望,但他们得活下去,要活下去,他们就得再给自己弄出一点新的希望。

有一天,一个村里人去镇上回来的途中,突然听到了一声鸟叫。他抬头向一棵树上望去,那光秃秃的树上没有鸟,却挂着一只书包。那书包挂得很高,要不是冬天,要不是树上的叶子落光了,谁也发现不了。那人爬上树,用一根树枝挑下书包。

书包被日晒雨淋有些发白了,可里面的书上还隐隐能看得清上面的字迹。那上面写着团子的名字。还有两张考试的试卷,一张是语文,老师用红笔打的是 30 分,一张是数学试卷,是 21 分。

那人把团子的书包给团子的父母送去。团子的母亲挺着大大的肚子,那泪哗哗地淌,却没有哭出声。

第二年春夏之交,团子的母亲产下了一个男孩,样子颇有些像团子。团子的爹高兴得几天都没合拢嘴。

团子的父亲找到村里的老猎人,请他上山去给他打一点野味回来,他要等儿子满月了请村子里的人好好地庆贺一下。他失去了一个儿子,又得了一个儿子,这也算得上是大喜。

老猎人在山上转了两天都没有打到猎物。他甚至连一只兔子都没打着。

第三天黄昏,老猎人还是空手而归。不过这一次,他的神情却有些异常。他见到团子的爹,手脚都在发抖,说话也是磕磕绊绊的。

团子的爹问他怎么了。他说,他在山上打猎时,看见了团子。

团子的爹不信,村里所有人也都不信。说老猎人是人老了,眼花了。团子都失踪一年了，怎么会在山上呢。况且，这山的沟沟岔岔团子从小就跑了个遍，他要是在山上怎么不回家呢？

老猎人说，是真的，他看见团子是和一群猴子在一起的，玩得可开心了。他还说团子能和猴子一样在树上跳来跳去呢。

第二天，团子的父亲，还有村子里的男人们在老猎人的带领下来到山上。

他们在一个山清水秀的地方果然看见了一群猴子。那些猴子或爬在树枝上采果子，或吊在树梢上荡秋千，或在花丛中相互嬉戏，个个玩得兴致勃勃。

终于，他们看见了团子。是的，就是团子。只见他依偎在一只老猴子的身上闭着眼懒洋洋地晒着太阳呢。

团子爹再也忍不住了，他大声地叫了一声：团子。其他人也跟着喊了一声团子。

团子听见他们的喊声，抬起头向他们看来。当他看见他的父亲和村里人时，竟然惊恐地躲藏到了老猴子的身后。

其他的猴子也听到了他们的喊声。他们龇着牙警惕地看着村里人。

几秒钟之后，只听一声尖叫，只一眨眼工夫，团子和猴子都一下子消失了。

村里人在那守了许多天，再也没见到过猴子，也没见到团子。

这一次，团子彻底失踪了。

魏　丽

再次见到魏丽,是在十几年后。

魏丽是带着儿子来绘画班学习绘画的。孩子在教室里,她在教室外,看起来很是悠闲。

我呢,是去干什么?记不清了。

我们就这样相遇了。

我问她,好吗?

她没有回答,反问我,你呢?

我一时不知该作何回答。

十几年前,我在老家一所中学教书,魏丽是我的学生。那时她已二十岁了,在高三补习。魏丽人长得漂亮,学习却不怎么好。补习了两年,家里却一直没放弃。

我和于洋谈恋爱时,魏丽还在我的班上补习。每一次于洋来我这里玩,魏丽都会找各种各样的借口到我那问东问西,搅得我们不得安宁。于洋见了魏丽,心里多少有些不安,等魏丽走了,于洋便用审视的眼光看着我问,她是谁?我装糊涂,说,谁?于洋说,那个女孩。我说,她呀,是我的学生,你该不会因为她吃醋吧。

话是这么说的,于洋的心里还是不怎么放心。

有一次,于洋没来魏丽却装模作样地拿着书本来了。没问功课,却问起了于洋。她说,于洋和你不合适的!她说话的语气认真,样子却有些顽皮。

我故意看着墙上的倒计时日历说,离高考还有二十一天了。

魏丽似乎生气了,摔门而去。

几天后的一个晚上,我突然接到一个电话,一听,是魏丽。

她说她现在就在西街的大众宾馆的房间里,让我速速过去,如若不去,后果自负!没等我答应,她就挂了电话。

这个魏丽!虽说有些无可奈何,但我不得不去。

这时,我才想起,魏丽没有告诉我,她的房间号。

到了大众宾馆,我上到二楼,只好一扇门一扇门地敲。敲到第三扇门,也没见到魏丽,却见到了于洋。同时,还看到了一个陌生的男人。

第二天,我上课时,没见到魏丽,学生们也都在议论着魏丽退学的事。她的东西也都全搬走了,留下一张空空的桌子。

魏丽退学时间不长,就和一个叫老六的好上了。老六小时得过小儿麻痹,走路一颠一颠的。他在东街的一块空地上摆了几个台球桌,生意很好。魏丽和他好上后,就让老六将那几个台球桌摆到了我们学校门前的那块空地上。上班下班,我都得从那里经过。每次,见魏丽在那儿,我想上前去和她打个招呼,可她竟然像没见到我一样,头发一甩,拿起球杆打球去了。魏丽打台球的姿势很好看,一招一式像模像样的。她手上的力道也不错,一杆打出去,那台球在案子上你撞我我撞你,撞出乒乒乓乓地一片响。

那个暑假之后,我就调走了,调往了县城。

后来听同事们说,在我调走后不长时间,魏丽的台球案子也就没再摆了。"生意好好的,说不摆就不摆了!"

眼前的魏丽,依旧很漂亮,并且成熟了很多。

我说,谢谢你,谢谢你那晚给我的电话。

魏丽说,你知道给你打那个电话,我鼓了多大的勇气吗?可是……可是,那晚你为什么不来?

我说,我去了。我如果没去,怎么能当场抓住于洋和那个男人?

魏丽听了这话吃了一惊:你说什么?于洋和那个男人?

是呀,你说得对,于洋不适合我。

我将那天晚上的情景一五一十地给魏丽说了一遍。

魏丽听完后,眼睛睁得鸡蛋大。天呀!怎么会这样?那天给你打电话,我真的在宾馆的房间里,我只是想让你来当面问你,你是不是也喜欢我,可是,我一直没有等到你来……

什么?你说的是真的?

魏丽说,真的,我怎么会知道于洋和那个男人也在那儿呢。

这时,放学了。一个长得很漂亮的男孩,一边喊着妈妈,一边向魏丽跑过来。

魏丽转过身,张开双臂迎向那小男孩。

不知为什么,那一刻,我只想逃离。在魏丽还没有转身时,我转身离开了。

这之后,我再也没有见过魏丽。

享　　福

太阳很暖和。

权叔刚在门前的大青石上坐下,老蔫就一摇一晃地来了。

老蔫把身子往大青石上一靠,也不说话,就眯起眼来开始晒太阳。

一个时辰过去,两个人身上都暖和起来了。

权叔说,开始吧。

老蔫睁开眼,说,开始就开始。

两个人忙着翻开衣领,开始在上面寻找。果然就发现几只肥硕的虱子顺着衣领爬了出来。

青石上早就画好了两条线:一条是起点,一条是终点。权叔和老蔫各自挑只虱子放在了起点线上。

一声令下,两只虱子就开始奔跑了起来。

权叔和老蔫没事时,就会赛虱。胜负对他们来说,并不重要,他们只是想用这种方式来打发无聊的时光。

这一次,权叔的虱子打败了老蔫的那只。权叔高兴得嘿嘿直笑。他把那只虱子放在手心攥了半天,才小心翼翼地放回到身上。

老蔫的那只虱子虽然跑输了,但他还是像权叔一样,小心翼翼把它放回到了身上。

老蔫又从衣领上挑了一只虱子,这只虱子的个头显然要比刚才的那只肥大一些,他对权叔说,再比一回吧。村主任说,过完年就要送你去敬老院呢。

权叔说,村主任不要我了,村子不要我了,难道你这个老家伙也不要我了?

老蔫说,是让你去享福呢。哼,我要是没得儿子呀,也想去。

权叔说,喊,我才不稀罕呢。再说了,你那儿子,也叫儿子?

这话说到了老蔫的痛处,老蔫的儿子上完大学,就很少回来,老伴儿一死,就一个人了。和权叔没两样。

过完了年,权叔真的就被村主任送到敬老院。

权叔不想去,可没办法。

权叔到敬老院的第一天，管理员领他去洗澡，他不洗。给他领来了新衣服，他也不换。管理员只好采取强硬的办法，给他洗了澡，理了发，并把新衣服给他换上。

那旧衣服没什么用途了，管理员要扔，权叔死死抱着，就是不丢手。最终，那身旧衣服留了下来。他把它压在了枕头下面。

敬老院的被褥都是新的。可权叔躺在这软软和和的被子里，怎么也睡不着。他觉得心里空落落的。

第二天晚上，等同室的老头睡了，权叔悄悄把旧衣服穿上。再躺在床上，立马感觉到了有肉肉的东西在身上爬动，心一下子就塌实了。

过了几天，同室的老头就向管理员反映，说房子里发现了虱子。管理员跑来一看，果然在被子上捉到了几只肥硕的虱子。根源自然很快就找到了。权叔的旧衣服被拿走了。管理员说，明明知道衣服上有虱子，还留着。

权叔说，这过日子怎么能没有虱子呢？

房间所有被褥都被重新清洗了一次，又用开水烫过。权叔的旧衣服也被拿到野外用火烧了。烧衣服的那天，权叔站在那急得直搓手，他说，可惜了，可惜了，这回真的把我身上的虱子弄断种了！

之后，权叔开始一夜一夜的失眠。晚上躺在床上，夜就跟死了一样的寂静。

权叔开始吃安眠药了。管理员每天晚上发给他一粒，可这还是不能抵挡他的失眠。

秋天的一个早上，管理员在例行检查时，发现权叔不见了。

敬老院所有人出动，还是没能找到。院长给村主任打电话，问他权叔是不是回村里了。

村主任赶紧去权叔老房子找,门是锁着的。村主任这才想起,权叔家的钥匙还在他家放着呢。

村主任想到了老莴,权叔在村里时,总是和老莴在一起的,就去老莴家。

那时,老莴正龙着双手,把身子靠在泥墙上打盹。太阳很暖和,老莴的神情看起来是那样的舒坦。村主任走到他的身边了,他还没一点觉察。

村主任喊,老莴叔,老莴叔!

老莴抬起头,一脸的茫然,好像还没从梦中醒过来一样。等他认清了面前站着的是村主任,嘴角才扯起一缕笑。

村主任说,看见权叔没?他从敬老院跑了。

老莴一听村主任说权叔,就嘿嘿地笑了起来。老莴笑起来时,脸上的皱纹全挤在了一起,老莴说,我刚才做梦时还见到了这个老家伙呢,你说他来找我干什么?他竟然来问我借虱子呢,我不借,他竟然动起了手,从我的身上抢去了十只虱子,就走了。这个老家伙!

自从权叔去敬老院之后,老莴好像一下子就老了许多,精神也大不如以前,没事了就一个人坐在门前晒太阳,说些颠三倒四的话。

村主任说,我不是说梦,我是问你真的见到他人没呢。

老莴说,他真的是问我借虱子呢。

村主任无奈地笑了笑,摇着头走了。

最终,村主任是在权叔房后找到权叔的。那时,权叔正躺在草丛里晒太阳,这一次,权叔睡得真是香,远远的,村主任就听见了他那呼呼噜噜的鼾声。

村主任说,这权叔呀,真是不会享福!

一个特殊的电话

有一次,来了一个朋友,那天刚好我休假。吃完饭,我便带着那个朋友去我们医院旁边的那个茶馆里喝茶,顺便叙叙旧。

朋友是从南方一个城市来的,我们好久都没见过面了。

茶馆取名品味,不太大,却还名副其实,里面布置得古朴典雅。

也许是白天的缘故,我们进去时,只有两个客人坐在那里,是一对情侣,或者不是,但两人说话的样子显得很亲昵。

那个女的,也只有二十多岁的样子,显得很温顺,说话时声音细细的,像一只小绵羊。男人就不一样了,三十多岁,举手投足都显得势很大,说话声音也很大。

这事对于我来说,就不叫事!

我们刚坐下,那个男人就对女孩这样说。

从这句话推断,在我们进来之前,那个女孩一定是有某件事情要这个男人帮忙。男人就对女孩夸下了海口。

对于这样的男人,我见得多了,也就见怪不怪。我身边有好多人都是这样,只要女人说要天上的星星,他都敢夸下海口,他能搬个梯子给摘下来。

服务生给我们将茶端上来,刚放到桌子上,那个男的又哈哈地笑了起来,很开心的样子。

朋友说,我们有一年多没见了吧。

那个男人说，差不多。

朋友看了那个男人一眼，有些无奈地端起茶杯喝了一口茶。

我问朋友，这次来，准备待几天？

朋友正要回答，那个男人的声音又传了过来：三天，最多三天！

我们的对话，就这样串在了一起。然后那个男人放在桌上的电话，兀地就响起来了，吓了我们一跳。那个男人的电话和他的说话声一样，很大。连同电话那头说话的声音，我们都能听得一清二楚。

电话那边也是一个女人。

很快，我就听明白了这个电话的意思。女人的小孩病了，知道男人门路广，认识我们医院的专家，就想请男人帮忙打个电话找一下那个专家，帮忙让小孩住上院。而那个女人所说的专家，就是我。

这事听起来有点意思了。没想到这个电话还和我扯上了关系。

男人对着电话说，没问题，我和他很熟。我马上就给他打电话。

男人说的"他"，一定是指我。

朋友放下茶杯，看了那个男人一眼，努了努嘴，说，你们很熟？

我说，哈哈。也许我们在某个场合下见过，比如饭局酒桌上，然后互相留过电话，这样的事很多，可我过后就忘了。

哈哈，那个男人放下电话，对着那个女孩笑了笑说，不好意思。

男人把电话放在了桌上，又撕撕扯扯地和那个女孩说起了话。我下意识地也掏出了电话，把它放在了桌子上。

不知为什么,我有些期待那个男人把电话给我打过来。可直到我和我的朋友离开了茶馆,我的电话也没响起来。那个男人的电话就放在他面前的桌子上,而他已起身坐到了那个女孩的身边。他们开始有了些亲昵的动作。

临走时,我还是没忍住,走到了那个男人的身边,我说,朋友,刚才的那个电话我都听见了,你怎么不帮你的朋友打个电话问一下呢?你朋友的小孩生着病,一定着急呢。说真的,他要是真将电话打到我的手机上,这个忙,我一定帮。

男人好奇地看了我一眼,把手从女孩的手上撤回来,说,你还挺能管闲事的呀。哈哈。

我们走到医院门口时,果然见到一个女人抱着一个小孩,在医院门口徘徊。她不时地将手里的手机拿起来看一看,生怕手机响了她没听见。

我走上前,看了她怀里小孩一眼,是急性肺炎。我给值班的朋友打了个电话,不一会儿,我看见一个护士跑了出来,走到了那个女人面前,这时,我才松了一口气。

卖羊奶的老人

天还没亮,窗外就传来了羊的叫声。躺在床上,不用去看就能知道,是那个卖羊奶的老妇牵着那头奶羊来了。小街的对面有个栅栏,每天,老人都会将那只奶羊拴在那个栅栏上,然后静静地坐在那里等待来买羊奶的人。

羊奶6元一斤，老奶奶一天的收入就在那只奶羊的那只硕大的奶子上。

就一只羊，每天来买羊奶的，也就是那几个常客。

扑沓扑沓，不用抬头，老奶奶就知道是那个老头来了。老头的手里拿着一只搪瓷缸子，穿着拖鞋，走路总是无精打采、睡不醒的样子。老头的老婆瘫痪在床上多年了，老头每天早上都会给她打一缸子羊奶。打完羊奶，他有时也会在栅栏旁的石头上坐上一会儿。他咳嗽得厉害，但他还是会拿出烟袋来吸烟。吸一口烟，咳嗽一口，再吸一口烟。他和卖羊奶的老奶奶说话，那字都是一个一个地从咳嗽中蹦出来的。

有时来得早的也可能是那个胖妇人。她就像一口缸一样，滚滚而来。她从来不坐，当然，她也没有办法坐下去。她就那么站着，看着老奶奶将羊奶一点一点地挤进她带来的那只饭盒里。

来买羊奶的人，对卖羊奶的老妇人都很好。虽然他们平时都有这样那样的毛病，比如那个胖妇人，平时说话尖酸刻薄，爱和人吵架闹仗，但她从来没有因为羊奶的多与少，和老奶奶理论过，计较过——这事要是放在别的人身上，指定是不行的。

还有那个膀子上文着龙的小子，平时谁敢惹他？可他来买老奶奶的羊奶，无论给多少钱，从来没让老奶奶找过。当然，每次他都是给得多。

有一次，那小子竟然提出要买老奶奶的那只羊，他开出了很高的价，我们都明白，这小子终于做了件人事，他是要帮那个老奶奶。他一次花的钱，可能就是老奶奶几年卖羊奶的钱呢。老奶奶确实是要人帮了，她走路都颤巍巍的了，看起来都是那么吃力。那只奶羊有时稍稍走快一点，她都有些跟不上了。

可谁也没想到，老奶奶拒绝了那个小子。

老奶奶说,羊卖了,我干什么呢?

有人说,要么你卖了羊坐在家里享福去,要么你用卖羊的钱再去买一只羊。

老奶奶看着那只羊,只是摇头。

就这样,老奶奶继续在每天早上卖她的羊奶,那个老人,胖妇人,还有那个要买她的羊的小子,每天早上天一亮,仍然来这里买她的羊奶。

日子就这样往前走着。

有一天早晨,天都大亮了,怎么就没听到奶羊的叫声,倒是那里人的嘈杂声越来越大。那个胖妇人,像是要和人打架的样子,见人就打听卖羊奶的奶奶。这么多年了,这是第一次发生这样的事。

那个老头坐在没有奶羊的栅栏旁,一边抽烟,一边不停地咳嗽。

后来,一打听,说是老奶奶的奶羊丢了。就在昨天,老奶奶卖完羊奶回家,走在路上,走着走着,老奶奶赶不上羊了,开始的时候,那只奶羊走一走还停下来吃吃草,老奶奶喘喘气还能赶得上,可慢慢地,和羊的距离就越拉越大,羊就丢了。

奶羊丢了,我们再也没有见过那个卖羊奶的老奶奶。只是那些常来买羊奶的人倒是常见。有时,他们从老奶奶卖羊奶的那地方走过时,也会停下来向那地方看一看,不过那地方现在放着的是一只垃圾桶,过来过去的人,手上有垃圾了,就会丢在那里。